生きものを甘く見るな

養老孟司

大正大学出版会

はじめに

久しぶりに「本屋に行きたい」と娘に言ったら、アッという間に日本橋の丸善に連れて行かれた。とくになにも考えずに各階を回り、読もうと思った本を四冊手に取って、そのまま買った。家に帰って気が付いたら、買った本はすべてモノに関する本だった。『日本列島の成立』『菌類の隠れた王国』『サイズ』『細胞内共生説の謎』である。とくに目的があったわけでなく、ただ漫然と店を歩いた。政治経済、哲学、文学などは目に入らないらしい。本を選ぶときに、なにか思うところがあったのではない。ただ気に入ったものを手に取っただけである。

本書に集められた文章は雑誌『地域人』の巻頭言であるが、「地域」はともかく「人」には私はあまり関心がなかった。だからテーマについて考えるのには苦労した。与えられたテーマでもしばしば言うことがない。亡くなった加藤典洋は『増補 日本人の自画像』（岩波現代文庫）の中で、本居宣長を語りながら表現について内在と関係という概念を挙げている。内在は自分の中におのずから生じるものであり、関係はもちろん外部を召喚するものである。私は地域の自然について内在する関心があったが、そこに住む人たちには関心が薄かった。

なぜ自分の関心が「人」に向かないのか、八十歳代の半ばを超えても答えが出ない。日本中のあちこちを回るが、地域の特徴は私には虫の種類の違いとしてとらえられる。セミを思えばすぐにわかるであろう。真夏の関西ならクマゼミ、関東ならアブラゼミかミンミンゼミ、標高の高い地域に行けばエゾゼミである。虫は多様性が高いから、別なグループに注目すれば、また違った見方が生まれる。

世間で生きていれば、人に無関心ではいられない。ほとんどの人は内在的に人に関心を持つのであろう。いわばそれで「当然」なのである。どこで間違ったか、私は自然＝虫が内在してしまった。だから何も考えずに本を買うと、結局は人ではなく、モノに関する本を買ってしまうのであろう。

私の場合、自然が内在し、人は関係としてしか現れない。そう言うと、ファーブルのように、真に自然に没入する人を思い浮かべるかもしれない。私はそれよりはるかに俗世間に近いと思う。だから、『地域人』の巻頭言を書いたりしている。ただそれでも人の世界、すなわち世間に実在感を抱かないのが、自分でも不思議なのである。なにを人は実在すると考えるか、これはおそらく哲学の問題だが、脳科学の問題でもある。私は重要な問題だと思い、『バカの壁』でも扱ったが、世間ではほとんど考慮されていないと思う。

自分の心に実在するものに人は真剣に向き合う。戦前には大日本帝国が実在した。多くの国民がそれに命を懸けたのは、ご存じの通りである。戦後はそれが消え、平和と民主主義が実在するようになった。私はその途中、移り変わりの過程で育ったから、どちらも実在化せず、代わりに実在化したのが虫だったのかもしれない。

実在するものは、その人の行動に影響を与える。行動を左右する。そういってもいい。ただし何が実在するのか、それは人によって異なる。親には現実である世間が、子どもにはそう思えない。そこで対立が生じるという事情は昔からある。私に実在と思えることが、家族を含めた多くの人にはそう思えてないのでは、と思うことはよくある。それだと生きていくのに難儀をするが、何が実在するかが、どう違っているのか、どう決まるのかわからないから、どう事態を変えたらいいのか、そのやり方がわからない。

戦争のような厄介な問題が起こって、手が打てない根本にはこうした事情がありそうである。事態は暴力的に解決できるという信念は、実在感と近い関係があると感じられる。確かに状況が力で簡単に解決することは多い。それがヒト集団の間で起こらないように集団をどう構築するか、どう考えるかは、これからの問題であろう。地域という課題は、そこに結局は通じているのだと信ずる。

養老孟司

生きものを甘く見るな　養老孟司……目次

第二章　生きものに教えられること……63

＊本書は、大正大学地域構想研究所編集の雑誌『地域人』（大正大学出版会）連載「巻頭言」（２０１５年９月～２０２３年５月）を抜粋、再構成したものです。各項目の最後の（　）内は掲載年月・号です。

装幀――岡本洋平（岡本デザイン室）

第一章　地域は「自然」から考えればいい

私にとって「地域」は自然環境の違い

地域を考える時、私は自然環境から考える。ところが一般的には「地域人」なのである。つまり人。地域はもともと人じゃないんだけどなあ。そう思うけれど、しょうがない。なんで私が地域「人」とお付き合いをしなけりゃならないのか。それを考えてみたら、同じ地域でも、私は自然の産物としての地域に関心がある。じつは人はどうでもいい。ところが地域の活性化を問題にするなら、もちろん人が中心になる。

高知県の大川村、人口約四百人。白滝の里の若葉が私は大好きだが、そんな所にわざわざ行く人はほとんどいない。いないと思う。行ってみたところで、だからどうした、と言われるのがオチ。そもそも白滝の里って、全国にいくつかあるらしい。

高知県は森林が多い。でもその八割が人工林。だから自然林を残す白滝の里は貴重なのだが、ほとんどだれも見に来ないんではね。

昨年行った所でいちばん遠かったのは、日本国内では北海道の中頓別《なかとんべつ》。人口二千人足らず。ピンネシリ岳に登りたかったが、十一月で雪があったから、無理。もちろん年齢を考えたら、初めから無理。

今年は頑張って、暑寒別岳《しょかんべつだけ》に行くつもりだが、もちろんどうなるかわからない。ここは興味深い場所で、千五百万年前、北海道という島が大雪山とそれに続く日高山系だけで、あとは海に沈んでいた時、島だったのである。そんな状態を見てきたわけではない。地質学者の描いた地図を見たら、そうとわかるのである。なにか変な虫がいるんじゃないか。それを見つけたい。変な人もいるかもしれないが、それはどうでもよろしい。

関東で関心があるのは日光周辺の山地と、秩父山塊。これも関東全体が島状態だった頃から、島である。東京なんて海の底。縄文時代にだって、海だったんだから、そういう場所はあまり面白くない。

むろん家康以前、東京湾に利根川が流れ込んでいた頃は、東京という湿地は、それなりに面白かったはずである。湿地特有の生きものがイヤというほどいたはずだからである。いまはそのわずかな名残が渡良瀬遊水地に残っている。ここは群馬、茨城、栃木、埼玉の四県にまたがる。中央に立つと、人工物が一切見えない。こんな所は、関東ではもはや渡良瀬しかありませんね。貴重な場所なんだから、あれこれ人工的にいじらないでもらいたい。

毎年、島根県に行く。島根県は横に長いから、とくに西部。ここは中国地方が大方海だった頃に、陸地として九州や四国とくっついていた。だからそれなりに違うのである。あとは大山《だいせん》。ここも当時は島だったから、貴重な虫が残っている。中国地方では大山にしかいないという虫は多い。

基準を変えれば、ほかにもいろいろある。箱根や伊豆はフィリピン・プレートだから、その意味では普通の日本ではない。丹沢や相模大山《おおやま》もそこに含めていいであろう。ちょっと西にずれたら、糸魚川―静岡構造線が通る富士川の川筋。そういう所を調べだすと、際限がない。今年も忙しいなあ。

（2018年4月・第32号）

自然を手入れすると心身にも好影響

五月の三日間は四国の祖谷《いや》に行った。雑誌の取材を兼ねて、相変わらずの虫採り。幸い天気に恵まれ、自分なりの目的を達した。四月下旬は屋久島だったが、こちらはもちろん雨で、目的を達せず。とはいえ、おかげで島を再度訪問する口実ができた。

祖谷で驚いたのは社叢林《しゃそうりん》である。樹齢数百年という古木が何本も立っている。杉が多いのは当然だが、他にもさまざまな樹種があって、日本の植物相の多様性を見事に示している。小さな神社を囲む樹林は、いうなれば鎮守の森だが、ここまで大きな木は、いまではなかなか見ることができない。そうした社叢を持つ神社が祖谷には複数ある。

私は古い樹木が好きで、見飽きない。井上靖に『欅《けやき》の木』という作品がある。欅好きの老人に連れられて、欅の巨木を見て歩く社長の話である。都会に住む忙しい人が、いつの間にか巨木に惹きつけられてしまう気持ちがよく描かれている。

樹齢百年の木は五十年の木の中からしか生まれない。以下同様で、切ってしまえばそれまで、である。古いものを大切にする気持ちの典型は樹木であろう。切らないからこそ、数百年の命が生まれる。

そうかといって、木を切るなというのも、間違っている。一時期、子どもたちにそう教えた時代があったらしい。でも、たとえば植え過ぎた杉は切らなければならない。そもそも間伐することが前提で植えたのである。切らなければいけない木を切っていない杉林も、同時に祖谷ではずいぶん見かけることになった。杉が悪いわけではない。せっかく植えた杉を利用できない時代になったのである。

杉林に間伐を入れると、一気に虫が増える。それじゃあ困るという人もあるだろうが、山奥に虫が増えても、だれも困らない。虫が増えたのは、虫が増えるのに適切な環境が生まれたからで、それは同時に多くの植物が増えたからなのである。真っ暗だった杉林に日が入ると、土中に生き残っていた種がたちまち息を吹き返して、芽が出てくる。こんなものが隠れていたのか。

やっと国土に手を入れる必要性が認められる時代になってきた。土木の話ではない。日本古来の手入れの話である。その意味でぜひ見ていただきたいと思うのは、岸由二・柳瀬博一『「奇跡の自然」の守りかた　三浦半島・小網代の谷から』（ちくまプリマー新書）。これは三浦半島の小網代《こあじろ》の谷を三十年かけて保全することに成功した運動の記録である。

都会型の自然の保全と言ってもいいであろう。自然の保全とは、かならずしも自然をそのまま放置することではない。それを見守り、手を入れる人たちがいるからこそ、「奇跡の自然」が守られる。それは同時に、手入れをする人たちの自然、つまり心身に良い影響を与える結果をもたらす。

都会が家なら周囲の森は庭である。都会が発達するほど、庭にはきちんと手を入れなければならない。

（２０１６年７月・第11号）

自然は川を通じて山から海までつながっている

環境省が「つなげよう、支えよう森里川海」というキャンペーンをやっている。これはもともと京都大学の田中克《まさる》、竹内典之、お二人の名誉教授が現役時代に考えられたことで、森里川海連環学という。田中さんは魚、竹内さんは人工林の研究者である。こういう学問は現場に出なければならないから、お二人とも現役時代より今のほうが忙しい、と言っておられた。

川を通じて山から海まで、自然はつながっている。ヒトはそのつながりの中で生きてきたが、現代はそれを分断した。東海道新幹線がいくつの大河を横切っているか、それを考えただけでもわかるであろう。子どもたちにそれを意識させようということで、環境省が小冊子を作ろうと考え、とりあえず私が編集委員長を仰せつかっている。

同時に地方の首長さんたちの会合も持たれ、六月七日に発足の会があった。とりあえず会長さんは富山市の森雅志市長で、ご本人は「なにしろ森里川海ですから、私が会長ということになりました」と笑っておられた。

自然環境を考えると、いつも居ても立っても居られない、というような思いがする。さすがに歳をとったから、ジタバタしても仕方がないと思うが、それにしても困ったことが多い。太陽光発電はもともと自然環境を守るという発想からなされているが、現代の日本では自然破壊に通じているのをご存知だろうか。ただでさえなくなってきている草原に、大規模に太陽光パネルが置かれてしまう。地主さんはムダに寝ている地面を使ってくれるんだから、ありがたいと言うと思う。だから仕方がないのだが、ヒトというのは、どうしようもない生きものですなあ。なんのための太陽光発電か。

私は経済の議論にほとんど参加しない。実体経済ということを考えると、ヒトが真に経済的利益を得るのは、自然からの収奪以外にないとわかるからである。エネルギーはその典型である。化石燃料はまさに自然からの収奪である。ただし取られた方の自然は文句を言わないから、収奪したヒトのほうは丸儲けだと思っている。

子どもに経済を教えるなら、丸儲けはないよ、と教えなければならない。でも大人が丸儲けはあると信じているのでは、それこそ話にならない。経済の議論を聞いていると、そうした根本が意識されていないのではないかと感じることが多い。

ここ二十年、日本はデフレで、実質賃金はひたすら右肩下がり。アベノミクスは完全な空振り三振状態。それでいけないのかというと、じつはよくわからない。なぜならこうした統計自体がすべて、自然との関係をまったく示していないからである。

社会学だの経済学だのを、いまさら勉強する能力も暇もない。だから私が社会のことを考えるのは、目をつぶって絵を描こうとするようなものである。それでも世間とは関わっていかなければならないから、ときどき俺の知ったことか、と思ってしまう。

国連がやるべきことは、炭酸ガスの量を計ることだけではない。世界全体のエネルギー収支、物質利用の収支といった、どうにも動かしがたい地球という固定資産の計上であろう。新しい経済学を若者たちが創ってくれないだろうか。

（2017年8月・第24号）

およそ千五百万年前の日本一の大河

九月初めに津和野に行った。あれこれご縁があって、なぜか島根県には毎年行く。今回は、NPO法人「日本に健全な森をつくり直す委員会」が主催する高津川の〝河川争奪〟についてのシンポジウムに出席するためだった。九月二日、場所は日原《にちはら》の小学校。津和野は知る人が多いと思うが、日原になると、知らない人のほうが多いかもしれない。JRの駅はどちらにもある。

高津川はしばしば水質日本一と言われ、大きなダムがない。現在の日本では、自然がよく保存された川の一つである。河口は行政区画では益田市になる。大きな川はいくつかの自治体を経由して海に出る。世界の大河だと、複数の国を通ることになって、ときどき問題が起こるのはご存知の通り。

〝河川争奪〟とはなんだ。地質学あるいは地理学上の概念で、川の支流があっちの川からこっちの川に移る事態を指す。別に珍しいことではない。山崩れで谷の出口が埋まるような出来事を想定すればいい。出口がなければしだいに水が溜まり、やがてあふれ出す。その時に、今までとは谷筋が違う方向に、水が流れ出てしまう事態が発生することは、十分に想像できるであろう。でもなぜ高津川かというと、この川には、河川争奪に限らず、長い歴史があって、そこが興味深いからである。

　高津川はかつては日本一の大河だった。「かつて」とはいつのことか。およそ千五百万年前。そのころ、日本列島はまだかなりバラバラの群島で、現在の本州はない。中部と紀伊半島は別の島で、関東、東北、北海道は、小さな島の集まりだった。

　こういうことは、当時の地図を見ないとよく理解できないであろう。しかし、当たり前だが、当時の地図は測量で描けるようなものではない。地質学的に推測するしかない。

　そういう地図で見ると、四国、九州、および現在の山口県あたりが、まとまって一つの陸塊、つまり島になっている。瀬戸内海はない。高津川はこの時代に四国の西部から流れ出し、当時の日本海にそそぐ大河だった。その名残がじつは今でも残っている。魚ではイシドジョウがそうで、分布が四国西部と高津川に限られている。

　一部のゾウムシは、イシドジョウと似たような分布状況を示す。ゾウムシは魚のように川に住んでいるわけではない。だから川とは直接の関係はない。しかし高津川が大きく変化してきた事情と、虫の分布に相関があることは間違いない。

　地域が歴史的に変化してきたことは、だれでも知っている。しかし日本列島が生じてきて以降の、地域の自然史に関心を持つ人は多くない。高津川の河川争奪のシンポジウムでは、地元の渡辺勝美さん（NPO法人アンダンテ21理事長）が詳しい報告をされ、専門家として元京大総長の尾池和夫さん（京都造形芸術大学学長、地震学者）が解説を加えた。私はフロクで参加。いつも思うことだが、地域の人が地域に関心を持つことは意外に少ない。日常見ているものは、珍しいと思わないのかもしれない。

シンポジウムの前日には、渡辺さんの案内で、河川争奪に関係する現場を見て歩いた。「深谷《ふかたに》」という場所があって、実際に深い谷である。私も以前から存在は知っていた。虫採りによさそうな場所だなあと思ったからである。この谷がどのようにできたか、渡辺さんの解説で初めて知った。

自然に関心を持つと、本当に際限がない。何事であれ、自然に関することは面白くてしようがないのである。

(2017年11月・第27号)

自然物は人類共通の財産

ヒトは森から出て、サヴァンナに降りた動物だと言われる。ヒトにいちばん近い霊長類であるチンパンジーとゴリラは、いまだに熱帯雨林で暮らしている。人類の故郷だとされる東アフリカが気候変動により草原に変わってしまい、やむを得ず森から草原に暮らしを移した、というのである。

この筋書きから、なんとなく納得がいくような気がすることが、いろいろある。ヒトは、森は好きだけれど、その中には住まない。ニューヨークのセントラル・パーク、あるいは東京の日比谷公園だってそうである。近くに森がある、森が見える。そういう環境はヒトを癒やすらしい。でも中では暮らさない。ヒトは森とは微妙な距離感を維持しながら暮らすのである。

ヒトは森を草原化する。ニューギニアの上空を飛ぶと、山の上だけが禿《は》げて、草原化している。高地人が住むからであろう。ブータンで山の斜面を見ていると、農家が点在している。間にあるのは森である。農家は畑を作るから、森を切り開くのは当然である。機能的には確かにそうせざるを得ない。でもヒトが森を切り開くのは、森を開くという衝動があるとしか思えない場合が多い。

三月にラオスに行くと、国中が煙い。焼き畑と称して、森を燃やすからである。マダガスカルも関東平野くらいあるんじゃないかという土地を、しかもあちこち、毎年燃やしている。燃やしてしまうと、草原ができる。でも草原が欲しいのではない。ひたすら森を開きたいのである。そうとしか思えない。なぜなら森を燃やした後の土地を使っていないからである。

専門家に聞いてみると、世界中で年間五百万ヘクタールの森林が失われているという。

日本全体の森林面積が二千五百万ヘクタールだから、五年間で日本の森が全部ハダカになる計算である。その多くを占めるのは熱帯雨林、とくにアマゾン流域である。

ブラジルは昆虫の持ち出しを禁止している。自然の保護という名目らしいが、自分たちがやっていることを隠す意味があるのではないかと私は疑っている。一人一人が虫を採って歩くなんて行為が、自然を破壊することはない。まったく壊さないとは言わない。でも経済行為と称してヒトがすることに比べたら、ないも同然である。お隣のフランス領ギアナは逆手に出て、虫採り大歓迎にしてしまった。だから私の周辺でも、そこに虫採りツアーに行く人が多い。

ヒトは自分のことを知らない。「汝、自らを知れ」という古代の格言は、いまでも十分に通用する。ヒトは森を開こうとする動物だということは、肝に銘じておくべきであろう。理由があろうがなかろうが、森を削ることに関する規制に、もはや待ったはないと私は思っている。石油の限度が明瞭に見える時代がいずれ来る。そのときに必要なものの一つは森だが、それを人類の資産とは思わない人が、いまだに力を持っている。じつは石油もそうだが、自然物は人類の共有財産だという強い認識が必要ではないだろうか。

（2018年6月・第34号）

人のつくった都に自然を重ねてみる

京都国際マンガミュージアムに館長としてほぼ十年間、月に一度は京都に通った。それで京都がわかったかというなら、むろんわからない。そもそも何がわかれば、京都がわかったことになるのか、それがわからない。

とはいえ、京都人でも知らないであろう事実を、この間に一つだけは見つけた。それは左京区に属する八丁平という湿地に、ハバビロヒゲボソゾウムシがいることである。こんなことには、おそらく私以外にほとんどだれも関心を持たない。

このゾウムシは十九世紀の終わりに、ドイツ人のファウストという学者によって名前が付けられた。その標本はドイツのドレスデンの博物館にいまでもある。この九月初めにドレスデンまでそれを調べに行った。この標本は、ファウストがワイゼという別なドイツ人から、一九〇〇年にまとめて購入したものの一つである。それは標本につけてあるラベルからわかる。

名前が付いているから、ハバビロヒゲボソゾウムシはもちろん新種ではない。この種類と思われるゾウムシは、京都のほかに、関東の河川敷からのものも知られている。ところが京都産のものと、関東産のものを比較すると、どこか違う。しかも京都と関東の間の中部地方からは、まったく採れていない。こういう場合に、いちばん疑わしいのは、両者が別な種ではないかということである。関東と関西の個体群の間に、交流がなかったと思われるからである。

　そこで何よりまず、ファウストが記載した種類が関東のものか、関西のものか、それを決める必要がある。だから今回は、ドレスデンまでそれを確かめに行った。答えは簡単で、ドレスデンのものは関東産だった。関東のものは、京都産より一回り大きいので、すぐにわかる。むろん標本のラベルには「日本」としか書いていない。

　ここから先は、あらためて調べることになる。京都産と関東産のどこがどう違うか、それをはっきり決める必要がある。違いが明瞭であれば、京都産のものには、まだ名前がないことになる。それを新種というのである。その先の詳細は述べる必要はないであろう。

　じつはこのグループの虫は、日本列島の地史と深くかかわっている。京都と関東にいるのに、中部にいないというのは、意味が深い。千五百万年前の日本列島の状態を示しているかもしれないからである。

　当時関東はまだバラバラの島状態だった。秩父と日光、阿武隈、千葉の一部などが別々の島として存在していた。他方、中部は全体がまとまった島で、紀伊半島はさらに別な島、中国地方は海の底で、陸になっていたのは山口県と、現在は伯耆《ほうき》大山《だいせん》になっている小さな島だけだった。この地図で、京都が中部地方と一緒だったかどうか、微妙なところである。

この辺りのことを考えるのが、じつは私は面白くてしょうがないのである。

京都と言えば、話題はどうしても人のつくった都のことになる。しかしその都がそのような自然の歴史の上に成り立っているか、そこを思う人はあまりいない。現在のように地震が多発すれば、活断層やプレートには興味を持つ人が多くなるが、虫はまだまだであろう。でもある虫がそこにいるかいないか、それだけでも、その土地の特徴がそこに表れる。

当たり前だが、ある土地を「知る」というのは、そう簡単ではない。ウィキペディアの時代には、ときどきそれを思い出す必要がある。京都の八丁平の五月を私は「知っている」。いまでもその情景をありありと思い出す。その感覚は他に代えがたいもので、そこでしか得られない。ハバビロヒゲボソゾウムシの標本にはそれがいわば貼りついている。ただの干からびた虫の死骸ではないのである。


（２０１８年11月・第39号）

地域の自然を記録する

地域の記録というと、人のこと、人のすることを考えるのが普通だと思う。どういう人がいたとか、どういうお祭りがあったとか。つまり広い意味での人事である。

しかし記録には自然も重要な対象となる。地震や噴火については、古文書の記録が実際に参考にされているのは、周知のとおりである。日本列島は地質的な構造がきわめて特異である。ユーラシア、北米、フィリピン海、太平洋という四つのプレートが合流する地域だからである。とくに糸魚川―静岡構造線は東西の日本を分ける重要な境界で、北米プレートとユーラシアプレートの境であるだけでなく、その南部にフィリピン海プレートがはまり込んできていて、箱根や伊豆、富士山、丹沢山塊などがそこに属している。

しかも日本列島が大陸から分かれて成立したとされる二千万年ほど前には、日本列島は現在よりも細かく分かれた島々で成り立っていた。その影響は一部の昆虫の分布や進化によく表れている。とくに翅《はね》を欠き、飛べない型の昆虫は地域的に分化して別種となることが多い。

そうした地域の自然の違いはまだ十分に記録されていない。地域の昆虫目録はあちこちで作られているけれども、なかなか総説にはならない。しかしそうした記録が積み重なってくると、日本列島全体の地史の一部が明確になってくるはずである。

たとえば私は日本国内ではヒゲボソゾウムシというグループを調べている。このグループは翅があって飛ぶことができるが、じつはほとんど移動しないと思われる。紀伊半島ではいくつかの種に分かれるが、その理由がよくわかっていない。私はかつて紀伊半島に火山活動があった時代の名残ではないかと推測している。さらにこの仲間は関東近辺でも分化する。これはフィリピン海プレートの活動と関係しているはずである。

こうした事実は、じつは地元の人はほとんど関心を持っていない。そもそも普通の人は虫なんかに関心がないのだから当然である。それでも地域によっては好事家がいて、地域の昆虫目録を作ったりする。私が関係した例では、山梨県道志村の昆虫目録が今年度に完成した。といってももちろん、完全なものではない。前述のヒゲボソゾウムシもその中に含まれるが、じつはこの地域の種ははっきり同定できない。これから種名を確定する作業をするのである。こうした意味では、自然に関する地域の問題は、むしろほとんどわかっていないと言ってもいい。

生態系という言葉が普及したために、特定の地域の生物相は一定していると考える人が多い。実際に調べてみると、虫の場合には、年度ごとに変化する可能性も高い。ここ十数年、福島県須賀川市で「ムシテックワールド」（ふくしま森の科学体験センター）という施設の庭の虫を子どもたちに採らせている。その虫の顔ぶれが、年ごとにかなり違っているのである。生態系と言っても、ある地域のすべての生物を完全に調べ上げるようなことができるはずがない。それなら生態系とは、便宜的な概念であって、実体は判然としていない。

こうした経年変化まで含めると、地域の記録の重要性がわかる。ここで論じる紙幅はないが、われわれが確実に固定していると考えている対象が、必ずしもそうではないということがわかってきた例はいくつもある。たとえば喜怒哀楽のような感情は固定したものだと一般には信じられていると思う。しかし実際には、さまざまな事象が関与する一種の仮事象なのである。地域と自然はこれからの重要な課題の一つであると述べて、今回は終わる。

（２０２０年1月・第53号）

マンガは日本の自然が育んだ

日本がマンガ・アニメ大国になった理由を以前に論じたことがある。その背景を私は音訓読みという特殊な文字の読み方だと考えた。ヴェトナムや朝鮮は漢字を取り入れたが、音訓読みはないようである。

マンガは漢字の古い形つまりアイコンであり、吹き出しはルビに相当する。アイコンとは元のものの感覚的な一次印象を一つでも残している図形のことである。視覚で判断する文字に、視覚的な一次印象を残すのは、視覚にとってはわかりやすいが、聴覚にとっては無意味である。言語が視聴覚を結合したものだという前提を認めるなら、アイコンが漢字から排除されていくのは当然である。

さらに日本文化におけるアイコンの発達ということのそのまた背景を考えるとすれば、いわゆる「感性」の問題があろう。その感性が美意識と結合するところに日本の文化の特徴があることを論じたのは、福田恆存である（『日本を思ふ』文春文庫）。そうした感性を養うのは、よく言われているように、日本の自然である。和歌の題材はしばしば花鳥風月とされる。

歴史上、非常に古くから都市化した社会では、自然は日常的に接するものではない。都市は自然を排除する場所として定義できる。中国はその典型であろう。それは中国人が自然の美しさを「感じない」ということではない。自然から与えられた感覚入力が出力——狭い意味では行動——に影響しにくい、出力の基盤になりにくいということである。

当然そこには文化的な傾向も含まれる。特に幼少期の子どもに与える自然環境の影響が大きいことは、現代でも指摘されることである（リッケ・ローセングレン著、ヴィンスルー美智子・村上進訳『北欧の森のようちえん　自然が子どもを育む』イザラ書房）。

明治以降の日本のいわゆる「近代化」が排除してきたものは、じつは自然にかかわる感性であった。これは意図的ではなく、いわば無意識であろう。その傾向は東京一極集中に見られるような戦後の強い都市化とともに、さらに進む。その反動として、スタジオジブリの諸作品を見ることもできよう。こうした作品は自然回帰の主張というより、自然へのノスタルジアというべきであろう。

都市化の究極の姿として、ＡＩの発展を定義することもできる。ＡＩ中心の社会では、ヒトは意識的に創られた環境の中に完全に埋没する。あまり気持ちのいい予想ではないが、自然からの入力は、災害と同じように、すべてノイズとして感じられるようになるはずであり、その予兆はすでに見られている。

たとえば少子化は、自然離れの典型であって、それを意識的な状況の中で解決しようとするのは、本質的に無理があるというしかない。


（２０２１年１月・第65号）

南の島々の魅力とは？

南の島には不思議な魅力がある。訪れ始めると、癖になる人が多いように思う。その裏にあるのは、ある種の感情、というより気分に近いものである。

個人的なことだが、幼い頃から真夏の昼下がりに、人けのない街路に出て感じたのは寂寥感である。極度に強い陽光にぎらつく風景に人けのなさが強調されて、寂しさという気分を生み出す。気分とは気まぐれ、一過性の動きやすいものと理解されているが、近年の心理学ではむしろ気分の上に喜怒哀楽のようなさまざまな情動が乗る、脳機能の基礎的な状態と解されているようである。

中島敦『光と風と夢』を高校生の頃に読んだ。ロバート・ルイス・スティーヴンソンのサモアでの在住記である。本人の日記をもとにした中島敦の創作であるが、『宝島』のような物語的な筋があるわけでもなく、これといった事件が起こるわけでもないにもかかわらず、私に強い印象を残した。この小説は晩年にスティーヴンソンが目指した美辞麗句を避けた簡潔で力強い文体を、中島敦が代わりに引き受けたかのようである。この書物に感銘を受けたのは、右の寂寥感を起こす気分に通じるからではないかと思う。基本的な気分が一致するのである。

スティーヴンソンも中島敦も南海の島に住んだ。それには好みというより、それぞれの身体的な必然性があった。スティーヴンソンの持病は結核で、当時はほとんど「咳と骨」状態だったと書かれている。中島敦は喘息で、その療養を兼ねて、当時日本領だった南洋の島に奉職する。

私にはそうした南島に住む必然性はない。ただ南の島は好きで、やはり繰り返し訪れたくなる。医学部を卒業した二十五歳の時、インターンの非公式な一部として、東京大学伝染病研究所（現・東京大学医科学研究所）の佐々学教授の下で、フィラリア検診団の一員として、奄美大島と沖永良部島に合わせて一カ月、滞在したことがある。再度訪れる機会を持ったのはなんとその三十五年後だった。現職で働いている間には、一切南の島に行く機会も、その気持ちもなかった。

スティーヴンソンは後悔について、したことに後悔はないが、しなかったことに後悔が残るとしている。しなかった以上、もししていたらどうなっていたか、という答えのない疑問が残る。私自身は二十歳の時に、ハワイの博物館に来ないかという誘いを受けた。行かなかったが、ハワイも南の島である。べつに後悔はしていないが、今になると、自分が自分の思うように人生を生きようなどと、いかに思っていなかったか、それがしみじみとわかる。それならお前の人生とは何だったのかと訊かれたら、行き掛かりだと答えるしかない。ただ南島への憧憬はいまだに残っていて、今年も奄美に行こうかと思っている。

虫好きは沖縄をはじめ南西諸島が好きで、間もなく世界自然遺産になる領域がとくに好まれている。北海道から屋久島に至る日本列島とは生物分布（生物地理区）が違うからである。前者はいわゆる旧北区、沖縄以南は東洋区に属する。両者の境界は古くから論じられており、とりあえずトカラ列島のどこかを通ることになっていたと思う。

世界遺産に指定されると、虫採りには厄介なことになるので、虫屋には歓迎されない。いわゆる自然保護については、言いたいことはいくらでもあるが、言ってもしょうがないという気がするので、最近この話題に触れることはない。今後南島に行く機会があれば、

「光と風と夢」という気分で過ごすことになりそうである。

（2021年8月・第72号）

またまた島の魅力を考えた

奄美から南西諸島にかけての島々が世界自然遺産に登録されるという。私が南の島を好むのは、虫を採るからである。動植物はどうしても南のほうが豊かだし、気候も寒いより暑いほうが私は好きである。一九六二年（昭和三十七）、医学部を卒業して、インターンをしているときに、奄美大島と沖永良部島に合わせて一カ月余り滞在したことがある。当時の東京大学伝染病研究所（現・東京大学医科学研究所）寄生虫部の佐々学教授が引率するフィラリア検診団の一員として参加させてもらったのである。

これらの島は動植物の地理学でいう、旧北区と東洋区の境界より南に位置しており、つまり東洋区に属し、その境界は渡瀬線と呼ばれている。屋久島と種子島は動物地理の上では本州と同じ領域だが、それより南の島は違うのである。こういう境界線は厳密に引けるというものではない。しかし奄美や沖縄と、本州や九州とは普通にいる虫が違う。私が関心を持つのは、その種の事実である。

南の島々には特異な動植物が存在する。一般には特に「その島にしかいない」種が珍重される。沖縄ならヤンバルテナガコガネ、ヤンバルクイナ、西表島ならイリオモテヤマネコといった具合である。私が関心を持つのは、そういう存在ではない。そこらへんに普通に転がっている虫が、本州あたりで普段見ているものとじつは違うというような場合である。

初めて奄美大島に行ったときは、当時滞在していた古仁屋《こにや》の宿を出てすぐにゴマダラカミキリを見つけた。この種は今でも鎌倉の私の家の玄関口に転がっているくらいだから、どこでも見られる普通種である。しかし奄美大島のものは、オオシマゴマダラカミキリという別種である。

こういうふうに普通に見る種が違うとなぜか私は興奮してしまう。だから五十年以上経った今でも鮮やかな記憶が残っている。同じ時に近くの神社に行ったら、地面をハンミョウが歩いている。これは美しい色彩をしているが、自宅の前の道にもいる種類である。捕まえてみると、なんだか微妙に色彩斑紋が違う。これはアマミハンミョウだった。

同じものだと思って採っても、よく見ると違う。私はなぜかそれに強く反応する。違いに気づくと、うれしくて仕方がないのである。ダーウィンが自伝に似たようなことを書いていた記憶がある。ダーウィンも若いころは甲虫の採集家だった。普通に見られる虫の微妙な違いは、現在でも私の研究テーマになっている。

日本列島の成立は千万年単位の昔のことである。千五百万年から二千万年前に、日本海の誕生によって、日本列島が成立する。当時の列島は現在よりはるかに多くの小さい島々からなっており、関東以北はまさにバラバラの状態で、関東では秩父山地、日光山地、房総の一部が陸地だった。その後しだいにこうした島々がつながって、やがて現在の本州が成立する。

その西の境界が東西を境する糸魚川―静岡構造線であり、これが単にはるか昔だけのことではないことは、現在の虫の分布を見るとわかる。ややこしいのは、フィリピン・プレートの活動により、この構造線の南の部分には新しい陸地が付加されたことで、その最後が八十万年前とされる伊豆半島と本州の連結である。富士、箱根や丹沢山塊はそれ以前に南からきて本州につながった陸地で、北はおそらく山梨県の櫛形山あたりまでか、と私は虫の分布から推測している。

千万年というスケールで考えると、沖縄や奄美は大陸と連結していたと思われ、奄美のほうが生物の固有性が高いのは、より古く大陸から分かれた可能性を示唆する。こういう話はあくまでも推測であって、確定的な証拠などというものはない。多くの事実がまとめて説明できるほど、推測の確度が高いというだけである。

島の生物が興味深いことは、生物学史にも好例が残されている。それはガラパゴス諸島である。ダーウィンはこの島で進化の例証を発見したとされている。フィンチ（鳥）とゾウガメである。ゾウガメは島ごとに種類が違うので、慣れた人は亀を見るとどこの島のものか、判別できたという。創造説によれば、神はすべての島にそれぞれ違うゾウガメを創造したことになる。そんなはずはない、とダーウィンは考えた。孤立した小集団では、特異な遺伝的変異が保存されやすい。東京のような大都会を考えると、そこになにか変異が生まれたとしても、代を重ねるごとにどんどん薄まってしまう。個体群が小さいことは、新しい遺伝子の保存にとって重要なことなのである。島というのは、その意味で変わりものが保たれやすい。

七月十二日から奄美大島を訪れた。NHKと新潮社の取材を兼ねているので、虫採りで好き勝手に動き回るわけではない。最初に奄美に来たのは正確には五十九年前の八月で、なんとも暑かった覚えがある。当時はクーラーなんてなく、そもそも電気が日中は使えなかった。夕方涼しくなるころにやっと扇風機が動き出すという状況だったし、水道は簡易水道で、蛇口から小魚が出るという話だった。

島の北部の中心が名瀬（現・奄美市）で、滞在した瀬戸内町の古仁屋は、南部の中心である。今は奄美空港まで羽田から直行便で二時間ほどだが、当時は鹿児島まで特急列車で二十四時間、鹿児島港から船で名瀬まで同じく二十四時間かかった。沖縄返還前だったので、船はまず最南の与論島まで行き、次に沖永良部島、それから奄美大島の名瀬と巡航したので、時間がかかった。名瀬から古仁屋まで、今は車で二時間足らずだが、当時はバスで、途中で一度休憩、乗り換えた覚えがある。道路事情は全く変わってしまった。トンネルが増え、路面が舗装された。こう書けばそれだけのことだが、この間の日常生活の変化は、かつては想像もつかなかった。

滞在初日の夜、山奥に虫採りに入ったわれわれの車と、後続のＮＨＫの車が離れてしまい、連絡が切れた。ところがケータイが通じない。今の日本でこういう場所がまだあることを知らない人も多いのではないかと思う。デジタル庁よりこちらの整備のほうが先ではないか。特に世界遺産の登録が済んで観光客が増えたら、まず最初にやるべきことであろう。

ホテルはもちろん便利な状態になっていて、ふと庭を見ると、「世間自然」「いさん」と二行に分けて書いた木の看板が立っている。どういう意味かとしばし悩んだが、「世界自然遺産」のつもりであろうと考えて納得した。この「世界」と「世間」の入れ替わりは興味深い。島の人にとっては、世界は世間に代表されるのであろう。日本の世間であれ、ユネスコであれ、国際連合や世界であれ、島の人ではない。

（２０２１年９月・第73号）

自然を体験した子どもの将来は楽しみ

十月に香川県の小豆島と伊吹島に行く機会があった。東京大学の「ＲＯＣＫＥＴ」という異才発掘プロジェクトで、子どもたちに好きな研究を自由にさせるというものである。今回のテーマは四国の東西で昆虫の分布に区別があるか、という問題の一部で、瀬戸内海の島々は果たして東西に分けられるか、というものだった。私は子どもたちのお供でついていっただけである。

小豆島はやや大きいので、島であることがあまり強く意識されなかったが、伊吹島は見事に島だった。特産品はいりことタイだと案内をしてくれた地元の人は言っていたが、自然物を特産品にしていると、持続可能性に問題が起こるであろう。最盛期には千人単位の住民がいたが、現在は数百人で、伊吹島の小学生は七人、中学生は五人だった。家の三分の二は空き家ですよ、と言われたが、ここまで急激に人口が減ると、何とも言いようがない。人口は明らかに地域振興の鍵であろう。

どちらの島も景観は素晴らしく、どこに家を建てても、世界一流の別荘地になりそうである。伊吹島はジオパークということで、自然環境を広報しようとしており、小・中学校の先生方はアサギマダラというチョウの研究に熱心だった。学校の庭にはアサギマダラが飛来するフジバカマを植え、さまざまな研究活動を行っていた。アサギマダラは、春は南で発生したものが北へ移動繁殖し、秋は逆になる。遠くへ移動するものは千キロメートルを移動することが知られ、日本列島では当然ながら海上を渡ることが多いので、島は移動の中継点となる。

アサギマダラ以外の虫については、あまりよく知られていない。小豆島は国立公園でもあり、従来から一部の昆虫については調査されているが、今回子どもたちは土壌性の虫を調べることにしていた。特定の樹種を選んで、その周辺の土壌中に棲む虫を採る。どのような樹種の、どのあたりの土を採って、どのようにして虫を捕まえるか。そうした具体的な計画はすべて子どもたちが作る。大人はフロクでついていくだけ。子どもたちの活動を見ていると、まことに「君子の三楽《さんらく》」という古語を思い出す。とくになにという教育目的があるわけではないが、子どもたちの活動を見ているだけで心が和む。

土壌の虫といっても、浅い土壌だけではない。地下浅層といって、雨が降った時などにとりあえず水が地下を流れる流路がある。ここは砂利などでできていて、間に隙間があるので、その小さな隙間に生きる虫がいる。こういうものの採集になると、大学院クラスの研究になってしまう。今回私に同行したのは、小六、中二、高二などの学年の生徒たちだったから、「生い先、いといみじ」である。関心が続けば、さらに先の研究をしてくれるであろう。それが何の役に立つのか、まったくわからない。

こうした調査も何の役に立つのか、まったくわからない。そういう目的のために、数日間、体を張って動き回ることは、この子たちの将来にとって、同時に将来のより良き社会のために、有益であるに違いないと私は信じている。

四国三日間の後、羽田空港で飛行機を乗り換えて秋田に行った。翌日は曹洞宗のお坊さんたちの大会で、そこで講演をして自宅に戻ったが、我ながら体がよく保った、という感じだった。

（2022年1月・第77号）

太古、紀伊半島は独立した島だった

和歌山県は遠い。東京圏から行くと、日本中でいちばん遠い場所を含んでいるのではないだろうか。通常の道筋は、大阪から行き、和歌山市に入るルートだと思うが、名古屋方面から伊勢を経て行く手もある。奈良県から入るのがいちばん普通でないルートであろう。私はどれも行ったことがある。

潮岬《しおのみさき》の展望台から海を見て、地球は丸いなあと思ったことを覚えている。水平線がわずかに丸く曲がっていたからである。コロンブスのような船乗りが「地球は丸い」と信じたのも、無理はないなあと思った。そういうことを感じるのは潮岬でなくてもいいはずだが、なぜかその時にはそう感じたから仕方がない。

二千五百万年ほど前に、日本列島がアジア大陸から分離したとき、紀伊半島は独立の島だったと言われている。その跡は虫にいくらか残っている。日本では紀伊半島でしか見られない虫がいくつかいるからである。

いま私が調べているヒゲボソゾウムシというグループでは、ルイスヒゲボソゾウムシが紀伊半島特産で、ヒゲボソ類の中では特異な、なかなかいい格好をしている。オスの頭に突起があり、いかにも「どうだ、珍しいだろう」という姿なのである。他のヒゲボソゾウムシも、なぜか紀伊半島の内部で細かく種分化しており、七種くらいに分けられている。クマノヒゲボソ、ゴマダンヒゲボソ、イセヒゲボソなどという名前がついている。

なぜ分化しているのか、理由はよくわからない。おそらく火山活動のせいだろうと推測している。千五百万年くらい前の噴火によって、生息域が分断されてしまい、あちこちに独立した集団が生じ、それが地質時代の長い時間を経て、それぞれ独立種になってしまったらしい。火山がどこにあったかは、今の地図を見てもわからない。

火山があったことは、岩石や地形からわかる。「熊野カルデラ」という名前もあるし、「古座川の一枚岩」は流紋岩質凝灰岩とされる。過去の火山活動による陸の状況と、現在の虫の分布がうまく重なってくれると、理解が一歩進むが、私の生きている間に正確な答えは出そうもない。これが虫の研究の面白い所で、虫がどのように分布しているかで、その土地の地質上の歴史がある程度わかる。

紀伊半島の山中を、ヒゲボソゾウムシを採集しながら移動すると、二〜三キロメートルにわたってまったくヒゲボソ類が採れなくなる場所がある。そこが境界で、境界を越えると、また別な種類が出現してくる。

類似の二種の虫が隣接して生息する場合、境界では雑種が生じる可能性が高い。雑種の生存能力が低い場合には、絶えず雑種が滅びて、どちらかの親種が優先するはずである。長い時間それが繰り返されると、雑種が生じない程度に親種どうしが分離して、状況が安定するはずである。雑種がどちらの親種よりも強ければ、最終的には二つの親種が雑種に統合されてしまうであろう。

和歌山県と紀伊半島は同じではないが、私の頭の中には和歌山県はほとんど存在しない。紀伊半島があるだけである。和歌山県という区切りは人の都合であって、自然の切り口ではない。ただ調査の必要はまだまだある。これからも和歌山県に通わざるを得ないと思っている。

（2022年4月・第80号）

きれいな水ってなんだ？

水の問題は現代では過不足であろう。多すぎると洪水、少なすぎると旱魃《かんばつ》。でもそれ以外に大きな問題がある。汚染である。マイクロプラスティックはともかく、水はきわめてよい溶媒だから、多くのものが溶け込んでしまう。

大学院生の時に組織や細胞の培養をしていた。教授の仕事のお手伝いである。私自身はガラス容器の中で組織や細胞を飼うのは性に合わなかった。だから野生動物を調べたいと思っていた。餌と水がかならず与えられており、安全な環境で生まれ育ったいわゆる実験動物は、なんだか動物という気がしなかったのである。

それはともかく、培養をしていると、さまざまな問題が生じる。たとえば細胞がうまく生きてくれない。なにが問題なのか。大学院生くらいのレベルで素朴に考えると、まず思うのは、培地になにか不足していないか、である。でも文献を調べたり、情報を集めてみても、不足なものはないようである。では逆に、余分なもの、つまり不純物が入っていないか。それを調べようとすると、難しいことになる。培地の主成分は水である。それなら水は大丈夫か、ということになるからである。

まず水をきれいにすればいい。蒸留水ならきれいだと思うかもしれないが、話はそう簡単ではない。市販の蒸留水が信用できるかどうか、それがわからない。それなら自分で蒸留するしかない。自分でやってみればわかるが、きれいな蒸留水を作るのは、そう簡単ではない。強火で沸騰させたら、水蒸気だけではなく、小さな水滴が飛ぶ可能性が高い。それでは蒸留の意味がない。

あれこれ試行錯誤して、やっと「きれいな」蒸留水を得ることができるようになった。収量が悪いが、それはやむを得ない。水滴を避けようとして、蒸気の通り道にいわばトラップを挟む。水滴は除かれるが、収量が落ちてしまう。

こうして蒸留した水が本当にきれいかどうか、確かめようとしてハタと困った。どうやって確かめたらいいのか。目的は細胞の培養だから、細胞が無事に育つかどうか、それが水の検定になる。そう考えて、水自体の検査は諦めた。化学者じゃないんだから、水の純度まで調べる暇はない。

結果的には、培養細胞を電子顕微鏡で観察して、問題の答えを得た。水のせいではなくて、マイコプラズマ（細菌）が感染していたのである。しかも細胞をとるのに使っていたニワトリの卵がもともと汚染されていた。いまではもちろん、市販の実験用の卵はマイコプラズマ・フリーになっている。

こういう過程を通じて、しみじみ感じたことがある。まず自分が実験向きでない、ということである。途中の手続きで引っかかって、肝心の目的を忘れそうになる。もう一つは水である。水がきれいでなければいけないのだが、どうなれば「きれい」なのか、いまだにわからない。生物は「汚い」環境に棲んでいるんだなあ。それが「生きる」ということらしい。まことに「水清ければ、魚棲まず」。古人はうまいことを言う。

（2020年7月・第59号）

「機能主義」と「構造主義」

「自然」災害と称されているが、その裏は都市問題であろう。自然は、はるか昔から特に変わったわけではない。ただ都市化は世界中で進んだ。東北の震災、世界的にはスマトラの地震以降、地球は活動期に入ったと地質関係の学者は言う。

新型コロナが典型だが、人が密集して暮らすから「災害」になるわけで、これは家畜を見ればよくわかる。鳥インフルエンザで百万の桁の鶏を殺すことになる。これは多頭飼いをするからで、同じ条件で狭い範囲に多数の個体を飼えば、病気が流行したら大変なことになるに決まっている。狂牛病（BSE）は飼料の問題だったが、牛がバラバラにウロウロしている状態なら、牛に牛を食わせるなんて奇妙なことは考えつかなかったであろう。

東京一極集中と言われてきたが、首都機能移転という言葉が流行した時期があった。私はこれを機能主義と見なした。古典的な基礎医学には解剖学と生理学がある。解剖学は人体の構造を扱い、生理学は機能を扱う。心臓は全身に血液を送るポンプである、と生理学は言う。機能はわかりやすく、構造はわかりにくい。ポンプはわかっても、心臓の構造をひと言で言える人はない。機能は目的論的であって、「なんのために」という疑問への解答を与える。機能主義は社会的には容認されやすい。「何々だから、こうする」という説明がしやすいからである。

私自身は生理学ではなく解剖学を選んだくらいだから、機能主義は利用しても採用しはしない。機能主義には多くの問題がある。ただそれが社会の前提に近くなっていることは、長い間感じてきた。機能主義の行き過ぎを強く感じたのは、相模原の十九人殺しという事件（*）が生じた時である。生まれつき障害があって、社会の厄介になるしかない人たちの人生にどういう意味があるか、それを犯人は問うた。相当にヘンな人だとはいえ、「意味を問う」ことへの答えは機能にある。「こういう役に立ちます」と答えればいいのである。機能主義から人生の意味は出てこないことを、この事件はいわば「証明」してしまった。

戦後「お国のため」という言葉は冗談にしかならなくなった。定年後に私は東京大学の教養学部で教えたことがある。当時の東大はまだ国立大学で、講義の冒頭で私が東大の伝統として定年後の教授は頼まれても講義をする必要はない、それなのに私が来たのは、お国のためと思ったからだ、と述べたら、学生が笑ったのである。君子の三楽などと言ってもどうせ通じはするまい。私の若い頃は「お国のため」は腹がすくのを我慢する時にさえ使われたのである。この「お国のため」は機能主義のはき違えであって、実際には機能しなかったのは、敗戦でおわかりの通りである。

藻谷浩介氏（地域エコノミスト）によれば、日本の過疎地ですら人口密度からすれば欧州の平均程度だという。東京の過密さはいまさら論じる必要もない。だから私は参勤交代を説いた。地方にもう一つ、生活の拠点を持てばいいではないか。

日本の将来には暗雲が立ち込めている。東南海地震はほぼ確実に来る。時期は二〇三八年と言われている。その時に富士山が噴火するかどうか、そんなことはわからない。政府を頼りにしないとすれば、自分で解決するしかない。コロナのおかげで地方への分散がわずかに進んだみたいだが、その傾向をさらに進めればいい。どういう状況なら自分がいちばん楽か、それぞれの人がそれを知れば、解答は明らかであろう。

自分にとって、最も適切な状態とは、身体的なものである。これは自分自身で発見するしかない。都市生活はそれをわからなくするようにできているから、要注意である。具体的に知りたい人は、坂口恭平さんの『自分の薬をつくる』（晶文社）や『躁鬱大学　気分の波で悩んでいるのは、あなただけではありません』（新潮社）でも読んでいただけばいい。

（2021年6月・第70号）

＊相模原障害者施設殺傷事件：２０１６年（平成28）７月26日に神奈川県相模原市緑区の県立の知的障害者福祉施設「津久井やまゆり園」で発生した大量殺人事件。

富士山が噴火したら万事あきらめる？

岩波書店の月刊誌『科学』二〇二二年七月号は「富士山噴火に備える」という特集号である。私は箱根の仙石原に研究室を置いて、昆虫の標本を保存しているので、富士山が噴火したら、万事あきらめると公言している。いまさらよそに移ったところで、日本国内に災害からのがれられる場所なんかないと思うからである。標本には新種記載で使用したタイプ標本も含まれているが、これらはすべて大学に寄贈してある。いま調べている対象は、もちろん手元に置いているが、こういうものが天災で失われるのはまさに仕方がない。

天災は備えが重要だというのが常識だと思うが、その時期や程度がわからない。東南海地震については、京都大学の元総長、現・静岡県立大学学長の尾池和夫先生が以前から二〇三八年説を主張しておられる。その時に富士山が噴火する可能性は、現在よりはるかに高そうである。

こうした天災は事前の準備も重要だが、事後の復興が意外に考えられていないと思う。まあ損害の規模も、時期も不明だから、災害の後始末なんか知ったことじゃないというのが、現実的な考えかもしれない。しかし、大きな図式はあらかじめ考えておくべきだと私は思っている。とくに人心に与える影響は、その時はその時、で済ませられることではなかろう。

災害後の一時の錯乱（?）で、国家の重要な方針が違ってしまったりすることは、当然避けなければならない。背に腹は代えられないという切羽詰まった事態にならないとは言えないので、そこで指導者層がまさしくしっかりしていなければならない。それには長い目で見た国家の基本方針に対する国民の一致が存在しなければならない。

たとえば東南海地震を考えた場合、起こる時期に問題があるとすれば、その時の世界情勢であろう。たまたま世界食糧危機のような状態であれば、被災地の当座の食糧供給にも支障が出る可能性が高い。復興のための費用をどこから捻出するか、これも人口減少、人手不足の現況を含めて、考える必要があろう。

関東大震災の後、昭和に入って、いわゆる軍国主義が優勢になったが、これに震災による心理的影響が絡んでいるというのが私の仮説である。この国は「空気」で動くという有名な話があって、それなら災害による空気の変化を、あらかじめある程度読まなければならない。

尾池説が正しいとすると、余裕はもはや十六年しかない。この国の将来像は、すでにできていないと間に合わないと思う。四年ごとに選挙があったのでは、政治家にこういうことを考えてもらうには短すぎる。官僚に託すしかないであろうが、さて国民はそれをどう考えるだろうか。私自身も国民の一人だが、十六年後には百一歳、まあ生きていない可能性のほうが高い。いまなにか言っても、十月のセミみたいなもので、ぎゃあぎゃあ鳴いても、仲間はとうに死んでいなくなっているし、時期遅れのくせにうるさいなあと思われるのがオチであろう。

本稿は静岡県がテーマのはずだが、つい地震の話になってしまった。箱根の芦ノ湖スカイラインを車で走ると、「静岡県に入りました。神奈川県に入りました」と何度も知らせてくる。道路が県境を走っているからである。山の中までずいぶんきちんと土地を区分しているんだなあと思う。こんな道路のわきで虫を捕らえると、採集地のラベルに静岡県と書くか、神奈川県と書くか、悩みそうである。それで最近はラベルにGPSのデータを入れることが多くなった。この種のラベルは正確だが、直感的にわかりにくい。というより、機械に相談しない限り、どこだかまったくわからない。地震の時期はわかったとしても、その規模、噴火のような副次的な災害の規模がまったく不明。人はどこまでわかれば満足するのだろうか。

（2022年11月・第86号）

持続可能性は生きものに学べ

生物多様性や持続可能性という総論には反対はないであろう。こういう言葉自体がいわば反対が出ないように創られている。だから国連や政府官庁の用語にもなる。

それはそれで結構ですな。でも大東亜共栄圏や神国日本、本土決戦や一億玉砕で育てられた世代としては、標語の類はおよそ信用できない。

そもそも、いわゆる環境問題はなぜ起こるのだろうか。ヒトの意識は秩序活動である。つまりランダムには働かない。だからサイコロがあり、ダーツがある。乱数表は機械で作られる。意識にランダム・モードはないからである。

意識が秩序活動だということを認めれば、意識活動に伴って秩序が発生するはずだとわかる。それが文明であり、都市である。ところが秩序を発生させれば、どこかに同量の無秩序が同時に発生する。

脳の中ではその無秩序はおそらく睡眠によって解消される。睡眠時の脳のエネルギー消費と、覚醒時の脳のエネルギー消費はほぼ変わらない。寝ているのは脳にとって「休み」ではない。意識活動で発生した脳内の無秩序の解消である。

脳の中はそれで済む。しかし意識は外部に秩序を発生させる。外部に秩序が生じれば、外部のどこかに同量の無秩序が増えているはずである。それが、文明世界がエネルギーを必要とする理由であろう。石油という高分子を水と炭酸ガスに変えているからである。それをやれば、それまで高分子の中で秩序を保っておとなしくしていた炭素と水素が、炭酸ガスと水になって空中に飛び出す。ランダムに動き出すのである。これが都市文明という外部秩序の代償である。

私が都市文明を疑問視する根本の理由はそこにある。秩序の生成に丸儲けはない。秩序を作った分だけ、どこかに無秩序が発生する。それが環境問題の根本であろう。部屋を掃除すれば、部屋の秩序は高くなる。しかしじつは部屋の無秩序はゴミ箱に引っ越しただけである。そのゴミはいずれ燃やさなくてはならないから、結局は水と炭酸ガス分子が増える。部屋を掃除すると、地球が温暖化して終わるのである。

現代人の仕事とは、要するに意識活動である。それなら無秩序がどんどん増えるに決まっている。とりあえずは、それは目に見えないから、当然のごとく無視される。しかしここまで世界が文明化、つまり意識活動化されれば、それによって生じた無秩序が目に見えてきてしまう。そこで持続可能性が言われるようになったのであろう。

どうすればいいか、とよく訊かれる。この問題を、三十億年以上にわたたって、なんとか解決してきたのが生物である。つまり生きものに学ぶしかない。最近では工業製品を全体として生態系のように設計する、という思想が現れてきたようである。それは当然のことなのだが、それが「常識」に変わるまで、まだ時間がかかるに違いない。

先日、台湾に行った。山の中でフンコロガシが丸い糞玉を転がしていた。驚くほどみごとに丸い。一体ここまで丸くする必要があるのか。そう思いながら、懸命に玉を転がす虫を眺めていた。この糞玉にも数百万年の歴史がある。ここまで丸くなるまでに、なにが起こったのだろうか。

自然界をバカにしてはいけませんね。

（2019年9月・第49号）

持続可能な社会は持続可能か

エネルギー問題に関心を持ったのは、一九七二年（昭和四十七）、ローマ・クラブの『成長の限界』以来に違いない。当時これを巡っていろいろな議論があった。シェール・オイルもすでに議論されていた。いまは採掘のコストが高すぎるが、石油の価格が上昇すれば、採算がとれるようになり、埋蔵量は膨大である。当時そういう趣旨の論文を読んだ記憶がある。実際にシェール・オイルが採掘されるようになったのは近年のことである。物質的な面では、当時すでにわかっていることは、いろいろあったわけである。それをいうなら、原発事故も、わかっているというなら、わかっていた。多くの人が「自分のところでは起こらない」と思っていただけであろう。念のためだが、福島県の元知事、佐藤栄佐久氏は福島原発の危険性を強調していた。

私自身はエネルギー問題とは関係がない仕事をしていたから、ヒトという面から考えることが中心だった。そういう面から見れば、エネルギー問題とは、ヒトはなにを、どれだけ必要としているか、ということに帰着する。ところが社会というのは、それだけでは片付かない。さすがに歳をとってくると、それがわかるようになる。当たり前だが、ヒトは個人で生きているわけではないからである。ではなにが問題かというと、システムである。いったんシステムが成立すれば、たとえば不用なものでも、やたらに供給される。ヒトにはなにが必要か、なんて無関係になってしまう。

人の作るシステムは複雑である。社会で「問題」と言われるものの多くは、システムに由来すると思う。エネルギーも当然同じである。仮に地域で自然エネルギーに依存して持続可能な状況を作ったとしよう。これはたぶん潰れるか、潰される。どうしてもそんな気がするのである。残ったとしても、アメリカ社会におけるアーミッシュみたいな存在と見なされるのではないか。なぜなら現状で見るかぎり、全体というシステムにそれが適応しない可能性が高いと思うからである。

エネルギー的に持続可能な社会は、持続可能か。そう言い換えてもいい。だって持続可能なんだから、持続可能だろうが。それは物質面で見た場合である。そういう社会自体をヒトは維持できるだろうか。社会の力関係で考えたらわかるであろう。エネルギーを消費することは、力が強いということである。第二次大戦を考えるまでもない。わが国は石油で負けた。エネルギー問題の矛盾はここにある。節約する方が正しいのだが、正しい方が力負けする可能性が高い。

この種の「問題」の解決は、やってみるしかないのであろう。いくつかの地域で、持続可能な形を作る。うまく行けば、それがモデルになって、全体に普及する。でもシステムにはそういう性質があるのだろうか。もっと具体的には、どういう性質のシステムなら、そういうことが生じ得るのだろうか。

解答は生物にある。生物の適応とはまさにそういうことだからである。右に述べてきたことは、じつは生物進化そのものではないか、という気がしてきた。自給型の地域が発生し、それが生き延びるなり、滅びるなりする。その先どうなるかって、そんなことは知らない。それが現に生きている、ということだからである。

（2020年2月・第54号）

世界の田舎ラオスはどうなるのか？

五年ぶりにラオスに行った。もちろん虫採りが目的。久しぶりに行くと、変化が目立つ。同行した友人は二十年ぶりだという。当然ながら、変化に呆れている。日本が高度成長を遂げた時代を思えばいい。それに近い変化が生じている。ラオスの場合には金鉱が見つかったりして、アジアの貧困国から脱しつつあるらしい。隣のタイ、ヴェトナムと比較して、人口が十分の一以下だから、ちょっとしたことで社会が大きく変わるのであろう。

ラオスは世界の田舎の一つだと思っていたが、間もなく変わるかもしれない。その代わりというべきか、虫は減ったような気がする。何年も同じ場所で採集しているから、それを実感する。採れる虫の種類も数も減った。

ラオスの人は焼き畑と称して、里山を焼く癖がある。これはもはや実用性というより、癖というしかない。三月は乾季の終わりだが、この頃に行くと、国中が煙い。そんなに燃やさなくたっていいだろう。そう思うけれど、やっぱり燃やす。京都の大文字焼きみたいなものかもしれない。ただ宗教的ではないようである。

今回はユーカリの植林が目立った。国連の指導だという話もある。私はユーカリの植林は間違っていると思う。地元の適切な木を探して、それを植えるべきであろう。たとえばマツなら、もともとラオスには多い。中部の高原に行けば、いたるところがマツ林である。日本のスギは植えすぎで、とかく悪口を言われる。でもともあれ日本固有の樹木だから、まだマシである。虫もちゃんと心得ていて、スギにつく虫は何種類もある。ユーカリを植えたって、なにもつかない。

べつに虫のことだけを考えているわけではない。オーストラリアじゃあるまいし、乾いたところで育つから、それならユーカリだ、と簡単に決めているに違いない。それが気に入らない。要するに楽をしているに違いないのである。

アメリカの西海岸なら、ユーカリは巨木に育って、たいていの人は地元の木だと思っていると思う。もっともそれを言うなら、ヒト自身が問題である。二万年前なら、アメリカにはほとんどヒトはいなかったはずである。いまは地元で発生したような顔をしてますからね。

ことほどさように、ヒトは勝手なことをする。繊細なようで、まったくの乱暴としか言いようがない。さすがにヒト自体に害を与えるような環境破壊は減ったと思うが、環境それ自体の破壊は日常茶飯事である。もはや「破壊」とも思っていないと思う。代わりに進歩とか、発展とか表現する。

ラオスにはやがて中国から鉄道が入ってくる。その予定地も見た。実質的には中国化するであろう。ヴェトナム戦争ないしそれ以前に、ラオスで発見されていた虫はいくつもある。それを探すが、たとえばヴィエンチャン近辺のものはまず採れない。足掛け十年以上探しているが、もういなくなったのだろうと思う。そういう虫を探している私も、ぼちぼち絶滅ですねえ。

（２０１８年7月・第35号）

自然の条件に合わせて生まれた街

ひとりでに街ができてくるということはあるのだろうか。インドでは工事現場に家族連れの労働者が集まって、アッという間にスラムができる。ということを『シャンタラム』（グレゴリー・デイヴィッド・ロバーツ著、田口俊樹訳、新潮文庫）という小説で読んだことがある。

私は自分の家の設計も考えたことがない。すべて女房任せである。自分の部屋のしつらえも、必要に応じて物を置く場所を空けるくらいのことなら考えるが、模様替えはまずやらない。大学に勤務していた時も、実験室の設計とか、暗室の設計をしなければならなかったが、私が設計した部屋で仕事をした人は災難に遭ったようなものであろう。坂口恭平さんが大学では建築学科を出たけれど、段ボールハウスの研究をしたと聞いて、似たような人がいるらしいとうれしくなった。

自分の行動する周囲の空間を設計するという能力は、どこから来るのだろうか。俯瞰する視線、私はそれがまったくダメである。上から目線じゃないか、と思って、なぜか拒否する。コロナによる死者何人という統計にもすぐに反発する。これも上から目線だからである。

小さい時から虫ばかり追っていたせいかもしれない。虫を追うなら、どうしても近くか、下を見る。きれいなタマムシ類は樹木の頂上、樹冠を飛ぶ習性がある。そういう虫を私は採らない。あまり上を向かないのである。身近に接するものだけが私の現実であるらしい。家の設計もできないんだから、まして街づくりなんて縁が遠い。ブノワ・マンデルブロ（数学者、経済学者）の言う通り、現実の世界はフラクタルでできている。人工的な街は直線を多用する。理想的な直線は脳の中にしかない。散歩してみて、いちばん面白くない街は、直線でつくられた街である。

自然の地形に合わせてやむを得ず成立した街、それが歩いていちばん面白い空間であろう。

（2020年11月・第63号）

第二章　生きものに教えられること

猫が幸せになるようなところに住みたい

老齢になって、いちばん嫌なことは、心を乱されることである。虫を採ったり、見たりしているときには、それがない。縁側で猫と日向ぼっこをしていても、同じである。問題は何かというなら、人間関係、社会のことであろう。それが最大のストレスになる。

適当なストレスは健康の維持に必要だという人がいる。もちろんそうだと思うが、どこまでが適当か、それが問題であろう。

二〇二〇年（令和二）の暮に、飼い猫のまるに死なれてしまったので、猫に触れる機会がなくなった。猫を撫でていると、血圧が下がるらしい。これを書いている現在、傍にいないので、感触を想像するだけだが、寂しいと同時に気持ちがいい。想像するだけで、きっと血圧が下がっていると思う。

先日、作家の朝井まかてさんと対談する機会があった。朝井さんも二十四年飼っておられた猫に死なれたばかりで、要するに猫対談である。猫の話だけで、二時間ほど潰れてしまうのだから、大したものである。

猫がいなくなったら、近所に住み着いたカラスと、庭にやってくるタイワンリスが存在感を増してくる。まるが来る以前には、タイワンリスを手なずけて、自分の手から餌をとるまでに慣らした。さすがに野生動物は猫がいると近寄ってこない。箱根の家にいると、夜中にイノシシがやってきたりする。騒々しいので気が付く。隣家の孟宗竹が庭に侵入してきたので、掘ろうかどうしようか一晩迷って、翌日見たら、見事にイノシシが掘ってしまっていた。苔庭みたいにきれいに青くなった庭を掘り返すので、イノシシのせいにしていたら、アナグマが家族連れで庭を歩いているのを発見した。アナグマはミミズを好むので、イノシシは無実だったらしい。

畑でも作っていると、動物は邪魔に違いない。ただの庭なら、掘り返されても、腹が立たない。ニコニコしていられる。思えば自分の「つもり」があると、それを妨害されて、腹が立つわけである。それなら自分の「つもり」を消していくと、生きるのが楽になるらしい。八十歳を超えると、さすがにああするつもり、こうするつもりが減ってくる。いくら「つもり」を作って、目標に向けて頑張っても、どうせ寿命が先に来る。

人はあれこれ干渉してくるから、動物と違って面倒くさい。いま住んでいる鎌倉の家は、背後が山で、隣が墓場、前は墓場への道路だから、隣の家との地境がない。夜中に近所をうろうろしても、だれにも会わないし、気を遣わずに済む。そういう立地だから、まるも幸せだったかもしれない。

以前に豪州のメルボルン大学に留学していた時、先輩が実験用の猫を王立動物虐待防止協会（ＲＳＰＣＡ）にもらいに行ったことがある。飼うふりをして、猫がほしいと言ったら、最初に聞かれたのがお前の家はアパートか、一戸建てか、ということだった。アパートだと正直に答えたら、それだと猫がハッピーでないから駄目だ、と言われてしまったと言っていた。数年前に島根県の高校に講演に行ったら、古い家が近くにあって、庭でキツネの家族が遊んでいた。キツネの子どもなんか、生まれて初めて見た。

どういうところに住みたいかと訊かれたら、動物がハッピーになるところ、と答える。ヒトも結局は動物ではないか。しかも現に空いている家は日本中にたくさんある。藻谷浩介氏によれば、日本で過疎といわれる鳥取県と島根県の人口密度は、欧州の平均に等しいという。要するに世界基準でいうと、日本全体が過密なのである。コロナ以来、政府は密を避けろという。それははじめから可能だったのである。

（2021年11月・第75号）

海野和男さんとメリアム・ロスチャイルド

海野《うんの》和男さん（昆虫写真家）と初めてお会いしたのは、一九七〇年代の前半じゃなかったかと思う。当時私は東大の解剖学教室に勤務していて、イギリスからメリアム・ロスチャイルド（自然科学者）が来るから相手をしろという連絡を受けた。それがどういういきさつだったか、もはや記憶にない。ただメリアムが東大を訪ねてきたときに、海野さんの写真集『チョウの世界』（共立出版）を大変褒めていたので、本人に会いたいかと訊いたら、「ぜひ」というので、海野さんに連絡して、二人でメリアムが滞在していたホテルオークラを訪ねていった。メリアムは海野さんの写真について、自然の中で生きて動いているチョウをここまで捉えた写真集は珍しい、と感嘆していた。

この写真集を探そうと思って、本棚を調べたが、出てこなかった。一日の半分を探しものに費やす年齢になったので、これはやむを得ないであろう。この写真集で私の記憶に残っているのは、チョウ道を捉えた写真である。熱帯はチョウの数が多いので、多数の個体が同じ経路を飛ぶと、その航跡が写真で捉えられる。人工衛星から太平洋や大西洋を撮影した時、船の数が十分に多ければ、航路が船舶という点のつながりとして見えるのと同じであろう。

チョウ道の研究を手掛けたのは海野さんの師匠にあたる日高敏隆だが、日高は戦後すぐに千葉県で数人の協力者とともに、チョウが飛ぶ様子をひたすら観察して、チョウ道の成立を調べ上げた。この写真が一枚あれば、すべての個体が同一空間内でまったく同じ経路を飛ぶことがまさに「一目で」わかる。各個体がまったく同じ経路を飛ぶのは光の影響であり、眼から入力される光の信号に従って飛翔筋の出力が生じると考えれば、すべての個体がまったく同一の経路を飛ぶ理由がわかる。光の当たり方が変化すれば、チョウの航跡も変化するはずである。

メリアム・ロスチャイルドの父、チャールズはノミの研究家として著名で、伯父のライオネル・ウォルター・ロスチャイルドはチョウの蒐集家で、博物学一般に強い関心があり、英国ハートフォードシャー州のトリングに私設の博物館を作った。メリアムは学校に行っていないので、十代の後半からはこの伯父の薫陶を受けたという。トリングの博物館はいまではロンドンの自然史博物館の鳥類部門になっているが、展示は昆虫を含めて元の面影を留めている。メリアムは自然史に強い関心があり、私が会ったころは昆虫の毒について研究していた。

メリアムが住んだ家はロンドン近郊のアシュトン・ウォードにある。ここはメリアムが生まれたころに、父親のチャールズが建てたもので、広い庭があり、私が訪問したときには庭でシフゾウを飼っていた。二百頭になったと言っていたが、見たことはない。この庭で虫を採っていいかと訊いたら、どうぞと言われたが、二〇〇五年にメリアムが亡くなるまで機会を得なかったのは残念である。家そのものはまったく手入れをせずにそのままだったので、蔦が絡みつき、まさにディッケンズの『大いなる遺産』に出てくるような家だった。家の周囲の樹木の手入れもしていないので、家に通じる道に枝が生い茂り車にぶつかるので、ロンドンから乗ってきた車の運転手が「この先に家なんかないよ」と文句を言ったくらいだった。

思い出したが、メリアムは当時米国のハーヴァード大学で解剖学の助教授だったスス ム・イトウと仲が良かったので、私はイトウさんからメリアムの来日について連絡を受けたのではないかと思う。メリアムとススム・イトウは共著で昆虫の組織についての図譜を書いている。イトウさんの家はボストンのコッド岬の近くにあって、メイフラワー号で最初のアメリカ移民たちが上陸した地点に近い。広島からの移民で、私が訪問した当時はまだお母さんと叔母さんが九十代で元気にしておられ、私が訪問した日の日中はお二人でバケツにいっぱいムール貝を集めて、それをマーケットで買ったロブスターとともに、海水でゆでて御馳走してくださった。以上は主題と無関係な年寄りの思い出話。

メリアムのことで印象に残っているのは、「自然史」とはなにかという私の質問に対して「それは学校で教える科目のようなものではない、人の生き方だ」という回答だった。現代流行のSDGsを思えば、メリアムはすでにそれを実現しようとしていたのである。ロスチャイルド家と言えば、アメリカのロックフェラーやモルガンなどと並ぶ世界の大財閥だから、万事は金持ちの贅沢と考える向きもあろう。しかしメリアムと海野さんの共通点と言えば、他のことはともかく、自然の中の虫にひたすら集中して生きてきたということではないだろうか。まさに生き方こそが自然史なのである。

翻って、自分はと考えてみると、長いこと大学に奉職して、正規の研究者としての教育を受けた。それに反抗してみても、精力をムダに使い果たすだけで、科学というシステムからは逃れられない。その過程で素直に自然を見る目を次第に失ってきたと思う。今や世界はＡＩの発達という意味で、全体として意識化、組織化、モデル化が進んでいる。その中で意識的にＳＤＧｓと叫んでみても、おそらく手も足も出ないという悲観に陥る。

初めて海野さんにお会いしてから、写真技術の発達は、途轍もないことになってきた。私もそのおかげをこうむっている。とくに焦点合成の技術が日常的になり、カメラにも取り込まれている現在では、昆虫のように小さな対象の写真が撮りやすくなった。パソコンが写真だらけになって、必要な写真がどこにあるのか、自分でもわからなくなってきた。

これまで海野さんの写真に私があれこれ駄文を付けて、いくつか共著を出してきた。いちばん最近では『虫は人の鏡　擬態の解剖学』（毎日新聞出版）だが、これはずいぶん前に雑誌に連載したもので、いまになって書籍化したのは、その間に擬態に関する研究が進むだろうと期待して、書き直そうと思っていたが、本質的にはあまり進んでいないので、諦めてそのままの形で出版することになったものである。

（２０２１年４月・第68号）

今年も虫採りの季節が到来

この四月末から、老軀を押して、少し動き始めた。なにしろ虫が出てくる季節である。四月二十一日から滋賀県の北部、江北《こほく》へ出かけた。この地域に移住した女性たちのグループがあって、地域で活発に活動しておられるということなので、自著『まる ありがとう』（西日本出版社）の宣伝を兼ねて行った。地元の人たち、とくに子どもたちと一緒に虫採りができるというので、喜んで出かけた。正規の地名は長浜市木之本町である。

ここには江北図書館という「私立」図書館があり、うれしいことに建物が私と同年、八十四年経っているという。同年齢くらいの建物は私にとって居心地がいいのだが、いまや私と同年の建物など、そう簡単には見つからない。この建物つまり図書館の二階は畳敷きで、そこでまるの写真展を開いてくださっていた。まるは好みのやかましい猫だったけれど、この展示場所はすっかり気に入ったに違いない。私はそう信じている。生前、縁もゆかりもなかったこの場所で、のんびり寝そべっているまるの写真を見ていると、思わず涙を誘われた。

地元の旅館に宿泊して、翌日は近くの田上山で子どもたちと虫採り。ヒメツチハンミョウが最大の獲物。ケブカクチブトゾウムシがたくさん採れたが、この山では三つくらいの外見の異なる変異型があり、これが固定したものかどうか、今後の課題となった。この種は単為生殖なので、メスしかおらず、種の検討は厄介である。

江北から帰って、すぐに岡山県の新見に行った。これも地元の有志の紹介で、小学校を訪問して子どもたちと虫採りのはずだったが、虫採りに予定した日は大雨で、満奇洞《まきどう》と呼ばれる鍾乳洞の見学になった。

鍾乳洞には特異な虫が棲んでいるが、これは地下に広く生息する虫がたまたま鍾乳洞内で見つかるのだということになっている。地下には雨水が流れる地下浅層と呼ばれる砂利の層があり、ここは水がなければ空所になるので、そこに虫が棲むらしい。こういう場所に棲む虫は当然移動が強く制限されるから隔離が進み、長い年月の間には地域的に特異な種に分化してしまうことになりやすいと考えられる。残念ながら、岡山県は日本列島成立の時代には海底だったので、地下性の地域特異的な虫はほとんどいないとされている。

ただし石灰岩地域には、そうした地域に好んで分布する虫がいるはずで、本当はそういうことを調べたかったのだけれど、大雨ではどうしようもない。虫採りは天候に左右されるから、予定通りにはいかない。ここでも再度の調査を期して、帰ることになった。虫の研究はひたすら問題ばかり増えて、解決は程遠い。ひたすら長生きを目指すしかない。

帰ると、箱根の家にこもって、標本を作る。

ラオスに二年半、コロナで閉じ込められていた小林真大君の採集品が多数待っていたので、これを整理する。まず標本を作るのだが、古いものは硬くなっているので軟化を試みる。昨年の暮に九州大学の専門家がマイタケを使うと硬くなった虫を柔らかくすることができるという発表をしたので、これを利用する。マイタケを水に漬けてその液に虫を浸すのである。

なぜ柔らかくする必要があるかというと、足や触角の形を整えるためである。そんなことをする必要はないという専門家は多いが、写真を撮影したりするときには、きちんと左右対称に標本が整えられていたほうがわかりやすい。標本が多数ある時には、一部のみを整形して、あとは適当にして保存するのが手数を省くことになる。専門家は多数の個体を扱うことが多いから、一個体ずつを丁寧に扱うことはしないのだと思われる。

こうして標本を整理する一方で、季節柄新規の採集品が続々入ってくる。さらに最後にそれらの仕分けをして、分類が完成する。

（2022年7月・第83号）

地域住民は地域資源の価値を知らない

福島県須賀川市に「ムシテックワールド」（ふくしま森の科学体験センター）という施設がある（30ページ参照）。二〇二二年（令和四）二月から四月にかけて、開館二十周年記念ということで、「養老館長特別展　虫で遊ぶ～養老館長の虫目線～」という展示を行った。

この施設は博物館ではなく、もともと子どもたちの総合学習の場として、自然科学を学ぶという趣旨で設けられた施設で、中心になる材料が昆虫とされたために、名称がこうなっている。福島県と須賀川市が運営している施設で、「うつくしま未来博」のパビリオンを一つ残して利用し、私は開設以来、ずっと非常勤の館長を務めてきた。それを記念して、二十周年に当たる令和三年度に「館長特別展」を行うことになったわけである。

博物館ではないとわざわざ記したのは、まさにそうだからで、「特別展」とはいえ、そこで展示をするというのは、いささか考えてしまうところがあった。もともと私自身は、展示は好きではない。動きのない展示は特に子どもには向かない気がする。ただしテーマが昆虫だから標本を展示することにあまり抵抗はない。

でもそれでは不満足だったので、本人を展示することにした。二カ月間の会期の間、毎日現場に居続けるわけにもいかないので、二月と三月の末だけにした。

展示会場の一部には私の研究室（?）を写真で再現してもらい、私が不在の時はそれを見てもらうようにした。本人がいるときは、普段やっている作業をそこでそのままやるようにした。早い話が展示の準備を怠けたわけである。もちろん標本の展示については、栃木県立博物館の学芸員の栗原隆さんにお願いして、プロの目を入れていただいた。

こうした施設と長年お付き合いしてきて、感じることがある。なにより地元の住民が大切だ、ということである。観客はもちろんだが、職員も地元出身が大切である。ムシテックの場合には、学校の先生たちが交代で来られるので、その条件を十分に満たしている。むしろ問題は館長の私で、地元でないために、自分を展示するにしても、時間が不十分にしか取れない。もっとも私が地元民なら、あえて展示の必要も感じなかったであろう。

いまでは各都道府県に地元の博物館ができて、それぞれ地域の特色を示す展示をしていることが多い。自然系と文科系が分かれているところと、両者が一緒になっているところがある。もちろん自治体に十分な余裕があれば、分けることができるであろうが、その余裕がないことも多い。おそらく博物館には完成形はなく、常に変化していくしかない。所蔵品が付け加わるからである。

昆虫を含む生物系が典型で、どうしても標本を増やしたくなる。収蔵庫がいるわけだが、他分野の人から見れば、それが本当に必要ですか、という疑問になることが多い。要するに収蔵庫の存在と標本の維持が博物館のもっとも重要な機能である。その点に理解が得られないと、学芸員が不当に苦労することになる。

「博物館がなぜ必要か」という「哲学的」議論をする気はない。ただ各地方の価値を必ずしもその地域に住む人が知っているとは限らないことは、地域の昆虫を長年調べているとよくわかるのである。

（2022年5月・第81号）

長い目で見るということ

六月に島根県の匹見に行った。ここ十年で、何回も訪問している。現在の行政区画では島根県益田市匹見町となるらしい。教科書に「日本の過疎」という主題が初めて取り上げられたときに、出たのは匹見の写真だったという。私はその年代ではないから知らなかったが、地元で時々それを聞く。つまり教科書的な過疎というわけ。

島根県は飯南町に中山間地域研究センターがあって、昨年は『田園回帰1％戦略　地元に人と仕事を取り戻す』（藤山浩著、農山漁村文化協会）という、いわばまとめの研究報告が出版されたから、ご存知の人もいると思う。私もセンターの創設以来、お世話になっている。ただし私は人や経済のほうではなく、虫である。虫に関心の高い人がセンターにいて、お世話になりっぱなし。

十年通っていると、やっと土地の虫が少し見えてくる。この辺りは、千五百万年ほど前に九州や西四国とくっついていた陸塊の一部で、ここから東は当時は海だった。じつは虫にはその時の事情が残っている。だから匹見のあたりには、それより東にはいない虫がいるのである。

たとえばニシコブヒゲボソゾウムシがある。これは四国と九州にいるが、本州では島根と広島の西部山地だけに分布する。ちょっと別のグループでは、エグリクチブトゾウムシというのがいて、これも同じように九州と、島根、広島の西部だけで採れる。その他にもいくつか、これに似た分布をする種類がある。

通い出して十年目の今年は、ニシコブヒゲボソゾウムシの当たり年だった。いままではいることはわかっていたが、ほとんど採れなかった。それが今年はなぜかたくさんいたのである。虫にはそういうところがあって、いる年にはたくさんいるが、次の年にはほとんどいないということが起こる。長年見ていないと、いる、いないという、単純な事実すら、確認がむずかしい。極端な例だと、四年に一度成虫が出る虫もある。アラメハナカミキリがそうで、この虫は今年が出る年である。オリンピックとなぜか重なっている。アメリカの十七年ゼミは有名であろう。アメリカには十三年ゼミもいる。

自然を相手にしていると、年度切りではいかないことも多い。官庁の予算は年度だが、これは年貢の名残りだと聞いたことがある。米の収量は年度で違う。だから来年も同じだろうというわけにはいかないので、年度切りにする。米ならそうかもしれないが、じゃあセミはどうする。

セミは人が生きることに無関係なので、無視される。稲なら一年ごとでいい。時間のスケールは扱っている対象で違ってくる。地域の問題も同じ。私はそれを長い目で見ることを勧めている。長い目が正解だということではない。現代社会を生きていると、短期的視野がどうしても優先する。その傾向を是正したい。いわばそれだけのことなのである。

(2016年9月・第13号)

精進料理と人工肉

精進といえば、お寺さんを連想する。昨年は広島県で、イタリアン精進料理をお寺さんでご馳走になった。なかなか美味だった。料理の質はそれにかけた手間にかなり比例するのではないかといつも思う。

精進料理の未来は人工肉にかかっている。細胞を採って、タンクで培養して増やす。味は良いという。鶏肉については、シンガポールですでに実用化されているという。直感的には気持ちが悪いという人は多いと思うが、私は台湾で養鶏場を歴訪してスンクスという食虫類（実験動物）を捕っていたから、あまり抵抗感がない。現在の鶏舎で飼っている鶏のことを考えると、培養肉のほうがずっといい。

昨年も鳥インフルエンザの流行で、大量の鶏が殺処分された。これは同じ環境で多数の鶏を飼うからそうなるので、そういう飼い方になったのは、経済性・合理性を重視したためである。それならいっそのこと、肉ごと完全に人工化してしまったほうがいいかもしれない。細胞を食べてはいけないという規則は、精進料理にもないと思う。ビーガンの人たちがなんと言うかわからないが、おそらく二派に分かれるのではないか。細胞培養ならい い、肉らしいものはまったく不可。

食肉になっているのは、普通は筋肉細胞であって、培養下で舌とか、心臓とか、育て分ければいいと思う。これはまさしく技術の問題であって、律義に各種の筋細胞を作る必要はない。要は舌筋なり心筋なりと味が同じならいいわけである。

肉をこういうふうに人工化するには、もちろんコストの問題がある。そこは企業家が頑張るはずで、人工化が可能であることがわかれば問題はないと思う。

人工肉ができれば、環境問題、動物愛護の問題に多大の影響がある。もちろん裏もあるはずで、培養器が汚染されたりすると、大問題が起こるにちがいない。こういう未来の趨勢を考えると、田舎に住んで自給自足というのが、いちばん健康そうな選択肢である。日本の場合はとくに人口減が続くと思われるので、土地は空くはずである。日本のことだから、培養器を小規模にして、地ビールみたいな地肉の生産を始めるかもしれない。

ニンジンが一個の細胞から再生することを知ったのは私が大学院生のころだった。トマトの水耕栽培も一時有名になったが、実用化は困難だったらしい。生きものの飼育を人工化するのは難点が多い。大学院生のころに、私は組織培養をやっていたが、当時世界の学会で有名な培養学者が二人いて、いずれも女性だった。研究者が男ばかりだと、育てることに関する情熱が不足するのかもしれない。そのことは以前、『バカの壁』（新潮新書）に書いたことがある。特定の種類の細胞だけを増やすというのは、人工環境の中で胎児を育てるのとは違う。胎児の細胞はさまざまに分化していき、互いに協調して一個体を作る。一種類の細胞を増やすのなら、そうした高次の組織化は必要がない。

こうした余計なことを考えずに、おいしいものを、おいしいと思って食べるのがいちばん良い。精進であろうが人工肉であろうが、知ったことではない。生物はすべて細胞からできている。生きものを扱うなら、細胞のレベルまで落として考えるのが王道であろう。

（2021年2月・第66号）

第三章　地域で「働く」ということ

地方（ジカタ）と町方（マチカタ）

「地方」という言葉は嫌いだ。

ある会議で、哲学者の鷲田清一さんがいきなりそう言った。じつは地方（チホウ）ではない。地方（ジカタ）でしょ。昔からジカタは町方と対応する言葉ですよ。

その通りである。地方（チホウ）というから反射的に中央を思い浮かべることになる。早い話が国会と霞が関。チホウの問題なんて、中央がなんとかしてくれなきゃ、どうにもならない。なんとなくそうなってしまう。でも元来は話が逆であろう。町方だけでは世間は立たない。東京都の食糧自給率一パーセントを指摘するまでもない。他方、ジカタは本来は自分で立っていかなければならない。それができなくなっているように見えるのが、現在の日本の問題である。増田寛也編著『地方消滅　東京一極集中が招く人口急減』（中公新書）はチホウか、ジカタか。でもこれをジカタと読んだら、バカにされるかもしれないですねえ。消滅は音読みだし。

長年、都市と地域の問題を考えて、都市を脳化社会と私は勝手に呼んできた。でも町方と呼んでもいい。ただし町方というと、つい捕物帖を思い出す。町人を取り締まるから町方だったはずだが、時代劇ばかり見ていると、ほとんど同心、岡っ引きの類を町方だと思ってしまう。取り締まる相手と、取り締まる側とが混同されている。テレビばっかり見ていちゃ、いけませんなぁ。

日本社会つまり世間には古い歴史があって、とくに江戸時代には狭いところに食料とエネルギーの限度まで人が住んだ。それなら大概の社会問題は、すでに生じていたはずである。それをなんとかしようとしてきた世間の考え方やルールが、現代社会に意味を持たないはずがない。

町方やジカタのように、現代人がそれを忘れてしまうのは、いわゆる国際化が大きいのだろうと思う。違った文化がぶつかる局面では、きめの細かいルールなんか当然理解されない。たとえば談合は違法で、もちろんダメだということになる。ところが実際には、それなりに合理的な面が多いから、相変わらず談合がなくならない。

町方、ジカタの問題で、もう一つ、重要なことがある。いわゆるメディアは基本的に町方だということである。とくに巨大なメディアほど、そうなっている。それは新聞に地方版が付いているという水準の話ではない。基本的な姿勢が町方なのである。思えばそれは当然で、農民が畑で新聞記事を書いているわけではない。本社も東京にある。

日本のＧＤＰの三割が上場企業。人員なら二割。大きなメディアはどちらに属するか、いうまでもない。ジカタは考え方も自分で調達しなければいけないのである。

（２０１６年10月・第14号）

毎年「1%」増やす

島根県に中山間地域研究センターができて十年を超える。開所の時にうかがってから、毎年行く。ただし私は虫採りで、人間環境ではなく、自然環境の調査が主である。

その人間環境について、今年は注目すべき結果が出版された。センターの研究統括監である藤山浩氏の『田園回帰1%戦略』（76ページ参照）がそれである。毎日新聞の書評で藻谷浩介氏が大きく取り上げているから、ご覧になった人もあろうかと思う。地域研究の模範といってもいい。地域振興に関心のある人には必読書であろう。

本書のどこが重要なのだろうか。第一に、長い目で見た人の生き方から説き起こしていることである。地方創生と称しても、そこがきちんとしていないと、おそらくなにをしたいのか、結果的にはわからなくなってしまうに違いない。いったいどういう人生が望ましい人生なのか、日本全体として、それがはっきりしなくなっているのが現代であろう。田園回帰について、バラバラの試みはたくさんあるはずだと思う。しかし著者は「美しい人生とはなにか」、そこを最初に指摘する。それが正しいとか、間違っているとか、それが問題なのではない。そこを指摘することが大切なのである。なぜなら、その指摘が違っていたら、訂正が可能だからである。はっきり言語化されていない目標では、訂正もできないではないか。

もう一つ、多くのデータを挙げていることである。だから「1%」というタイトルになっている。回帰する人口も1%、現地での経済活動も1%、毎年それだけ増やす努力を重ねていけば、地域はそれなりにきちんとやっていける。こういう具体的な目標を、データを示して具体的に提示したことが重要である。なぜなら、ここでも間違っていたら、どこが間違っていたかを判断し、訂正することが可能だからである。

田園回帰を夢として、いわば定性的に語ることはできる。それが無意味だとは言わない。しかしデータを示し、きちんと語る時代に入ったということを、本書は如実に示している。日本の現代社会について、こうした型の研究がこれまで乏しかったと私は思っている。

一つには社会科学がいわば「上から目線」だったからであろう。欧米を先進社会と見なし、日本社会を上から見る。それをやると、データに基づいた地味な分析がお留守になる。中山間地域研究センターも十年を超えた。そのことが大切なのだと私は思う。そのくらい経たないと単に虫採りだって意味のある結果は出せない。

島根県は面白いフィールドである。山が細かく分かれ、それに従って、自然環境が細かく分かれる。同書の地図を見てもわかるが、じつに細かく割れている。これがたとえば関東平野だったり、富士山だったりすると、もっとはるかに大ざっぱである。富士山の西といえば青木ヶ原で、全体が同じような一つの林になってしまう。ところが島根県では、自然環境が似た、小さな区分がたくさんある。だから集落もそれぞれが小さいが、その分、比較検討する材料が多い。

同書のような調査をすると、日本社会がたいへん興味深い存在だとわかってくる。やがて世界の人もそれに気が付く日が来るであろう。さらに多くのこうした研究が進められることを心から望む。


（2015年12月・第4号）

組織人として生きるのが当然なのか

人の生き方は、当たり前だが、さまざまであろう。でも自分の人生で思うことは、組織人として生きるか、個人として生きるか、その違いである。

メディアは就職率をいう。これは企業であれ、官庁であれ、組織人として生きることを選んだ若者のことではないだろうか。就職率が高いことは、いいことだ。そういう暗黙の前提がある。メディア関係の人も、組織人であることを当然としている人たちだからであろう。

私自身は二十九歳まで学生だった。たしかに大学院生という「身分」はあったが、職業はない。自宅から学校に通ったから、住居費と食費の一部は不要だったが、あとは家庭教師のアルバイトで間に合わせた。もちろん家族持ちではないから、自分だけ生きていくならそれで十分だった。

大学院生としての私は医学部卒だから、すでに医師免許は持っていたが、基礎医学が専攻だから、患者さんは診ない。医学部をただ出たって、患者さんを診ることができるほどの力はつかない。そんなことは業界では常識だった。だから大学病院には無給の医師がたくさんいたのである。そういう医師は要するに修業中と見なされた。

こういう状況はどんどん変化していく。間違いなく、世の中の常識が変わってきたからである。それがやがてインターン闘争、大学紛争のきっかけともなっていく。働いているのに、なんで給料が出ないんだ、というわけである。その裏には、組織人であることが当然だという常識の形成がある。サラリーマンの比率は、昭和の年代に比例する。昭和十年代には、給料取りは労働人口の一割だったのである。

給料をもらっていないうちは縛られない。助手になって給料をもらい出した時に、なんだか「だまされた」という気がした。初めて組織の縛りを感じたからであろう。じつはそれは教授を退官するまで、私の中にあった葛藤である。私は結局、良き組織人として生きることができなかった。

それと地方創生とどういう関係があるか。地域で自活できれば、組織人として生きる必要がない。私が地方にこだわる根源には、それがあるといまでも思っている。そのせいか、私のところに五十代の男が来る。農業法人をはじめて、若者を五人、使っている。というか、若者が集まってしまった。給料はほとんど払っていない。農業をやっているから、食うには困らないという。

そういうところに集まる若者を、健康とみるか不健康とみるか、問題はそこであろう。組織人から見れば、ボスの男を含めて、そういう若者たちは職に就いていない。でもそれなりに働いて、ちゃんと生きている。それができるのは、他の人たちが組織で真面目に働いているからだ。

この辺りの議論になってくると、相当に悩ましい話になる。地域でなんとか頑張っている若者は、穀潰《ごくつぶ》しなのだろうか。そういう若者に娘を嫁にやろうという親はまあいないに違いない。ここまで来ると、社会の価値観、人生の価値の問題にまで至ってくる。現代は「人はどう生きるか」という青臭い疑問が大人に直接ぶつけられる時代なのであろう。それを考えたくないから、多くの人は組織人として懸命に生きる。その「逃げ道」が徐々にふさがれつつある。私はそう見ているのだが、これでは説明不足かもしれませんね。

（2017年3月・第19号）

私の田舎暮らし

田舎に住もうという人が、少しずつ増えているのではないか。統計に出るほどではないかもしれないが、ここ数年間で、全体の雰囲気が少し変化してきたのではないかと思う。二月のはじめに島根県に行き、高校生たちに話を聞いた。やっぱり東京に一度は出たいという子も多かったが、それが将来の自分の人生だとは思っていないらしい。いずれは郷里に戻ってきたいという。地方創生という宣伝が、それなりに効いてきているのかもしれない。

若者は時代の影響をすぐに受ける。いまでもおそらくそうだと思うが、私が学生だった頃は、その時に景気のいい業種に希望者が集まった。数年から数十年するとダメになるのだが、そんなことはあらかじめ読めないから、とりあえず現在の状況に従う。若者とはそういうものだと思って対応すればいい。

私が選んだ仕事は、将来は落ち目に決まっているという解剖学だった。今春亡くなった義兄は経済学者だったが、十三歳年上だったから、生化学でもやったらどうかと忠告してくれた。私は悪い癖があって、先が見えると、そっちには行きたくない。他人がやるに決まっていることを、なんで俺がやらなきゃならないんだ。そう思ってしまう。こういうへソ曲がりも、いまでも必ずいるはずである。

田舎暮らしが将来発展するなんて思っていない。発展したら田舎ではなくなるではないか。私が田舎を勧めるのは、本当に田舎はいいと思うからである。安倍首相がトランプ大統領に会いに行った。トランプの別荘に招待されたらしい。別荘は田舎に決まっている。大統領だって首相だって、本当は田舎がいいのである。でも仕事の都合でやむを得ず都会を走り回っている。それを田舎から見て、ザマア見ろ、と嘯《うそぶ》いていればいい。

じつは都会と田舎の暮らしのどちらも必要だと、だれでもわかっているのである。大切なのは、じつは暮らす場所ではない。人生に対する考え方であり、実際の暮らし方である。

島根から帰った後の数日間、箱根の家に籠って、虫を見ていた。私にはこれがいちばん合っている。おかげでたちまち元気になって、鎌倉の家に戻ってから、頼まれた原稿をあっという間に済ませてしまった。これが東京で三日間働いていたら、ぐったりしていたに違いない。原稿は取りかかる気もなくて、締め切りまで放っておくことになる。

箱根の家の前は大企業の研修所である。もともとホテルだったのを、企業の社長が気に入って買ってしまったという。ここに限らない。近所はいたるところ、企業の保養所であり、研修所である。でも誰かがいるのを、じつはほとんど見たことがない。私にしてみれば静かでいいが、なぜあんな、いわばムダなことをしているのだろうか。

その理由は私なりには理解しているつもりである。別荘暮らしを遊んでいると思っているからであろう。それくらいなら仕事をしなさい、仕事を。全員がそう思っているから、結局立派な保養所が死んでしまう。私は箱根の家で夜中の一時まで虫の標本を見て、ついに吐き気がしてきて倒れた。でも一晩寝たら、完全に治った。これは家内も仕事と認めてくれない。世間の役に立たず、一文にもならないからである。でもそれが私の大切な人生の時間なのである。

（２０１７年４月・第20号）

オーライ！ニッポン大賞の本意は「往来」

三月三日に「第十四回オーライ！ニッポン大賞」の表彰式があった。これは毎年行われるもので、「まちとむらの往来を盛んにして、日本を元気に」という趣旨である。もともと農林水産省の農村振興局が始めたもので、たまたま私が代表を務めている。私が代表、副代表が平野啓子さんと安田喜憲さんになっている。

今年の大賞グランプリは栃木県益子町の「トチギ環境未来基地」だった。大賞はあと三つ、北海道更別村の「国際トラクターＢＡＭＢＡ実行委員会」、高知県高知市の「土佐山アカデミー」、長崎県南島原市の「南島原ひまわり観光協会」である。このほかに審査委員会会長賞、ライフ・スタイル賞が各三つあって、いずれも関係者が複数いるから、なかなかにぎやかな会だった。

十四回というのでおわかりであろうが、この賞は地域の活動をかなり広く見てきている。ただいつも思うことだが、地域はあくまでも地域であって、こうした活動がなかなかたがいにつながらない。それを全体としてつなげるのは、まさに「国」の仕事になる。だから農水省の出番になるわけだが、それぞれの活動は私的だから、この辺りは頭を柔らかくしないと、なにをしているのか、よくわからなくなる。安田喜憲副代表は、皆さん方の活動でいずれはビッグ・バンが起こるはずです、という挨拶をされた。いずれ急激に発展する時期が来るはずだ、という予想である。私も長年そう思ってきた。政府は地域振興を掲げているが、それは話が逆で、そもそも地域が動かなければ、話が始まらない。

最大の問題はなにか。私は人だと思っている。こうした活動は当たり前だが人が中心で、その人材が都会に集まってしまう時代なのである。そこで「往来」日本だったわけだが、まあ、長い目で見ながら小さな芽を育て、だんだん大きくしていくしかない。

なにより期待するのは若い人たちである。二月に島根県の吉賀高校、津和野高校の生徒たちと話す機会があった。地元で働きたいという子も多く、一度は東京に出たいが、いずれは地元に戻るという子もいた。労働生産人口の減少により人手不足が続くのは明らかで、北陸のようにほぼ完全雇用を達成している地域もある。急場しのぎの移民政策など採らず、地域を大切にしていくべきだと思う。

（2017年5月・第21号）

村を出て都会に住み着くこと

私の母は神奈川県の山村の出身である。三人姉妹の長女だったから、そのまま家に居ると、婿を取らされて、農家を継ぐことになる。それを嫌って都会に出た。そのいきさつは自伝に詳しい。父は福井県大野の出身で、十人兄弟の真ん中あたり、一高帝大という戦前のエリート・コースを通り、商事会社に勤めた。つまり二人とも地方の出身で、都市に出たという、典型的な「都会の」日本人である。

戦前の村を嫌ったのは、たとえば坂口安吾である。その詳細を知りたければ、安吾の文章を読めばいい。ほとんど村を呪詛《じゅそ》していると言ってもいい。村社会を都会人がどう見たか、それには「きだみのる」の『気違い部落』シリーズを読めばいい。

村を出て、都会に住み着く。これは洋の東西を問わず、似たようなものであろう。なぜなら都会の人口は多いが、再生産は少ないからである。たとえば中国なら、北京からの下り列車はない、と言われる。地方から都市に出たら、もはや帰らない。日本で人口の再生産率がいちばん低いのは東京で、下から二番目は京都府である。それなら人が増える田舎から、都市に出るしかない。それが都市を維持する。

現代世界はほぼ都市化が進んでしまった。途上国とは、それがまだ十分には進行していない地域と見ることもできる。ブータンは首都ティンプーの人口が二十年で三倍増に近くなり、最近では地方に逆戻りが出ていると言われる。今年もラオスに行ったが、ヴィエンチャン近郊は新しい住宅地が造られつつある。もっとも中国が鉄道を引き、中華街を作るというのである。中国とインドは、アジアにおいて、もっとも古くから都市化した地域であり、都市文明の典型である。

ネット環境の進展に伴い、都市化はさらに進んだ。都市化とは要するに意識化、すなわち脳化である。その意味では、人については地域性が消え、世界が画一化したと言ってもいい。都市化の傾向が落ち着いてきたので、逆に地域の見直しが進む。現在はそういう状況にある。『地域人』とはうまく命名したものだなあと思う。そういうものがあるはずなのだが、それはいったい、どういう「人」なのか。「村の人」なのかなあ。

言語を考えてみれば、アジアの共通語は英語、それもいわゆるブロークン・イングリッシュである。アフリカではスワヒリ語、インドではヒンディー語、フィリピンではタガログ語。いずれも共通言語で、地域人をつなぐ役割をする。中国語の始まりも、おそらくそうではなかったかと推測する。単語を並べるだけの、孤立語だからである。要するにカタコトなのである。

意識の典型的な機能である言語がこういう状態である。コンピュータはそうした違いを一切持たない。インドのコンピュータも中国のコンピュータも、まったく同じように機能する。こういう視点から見ると、コンピュータが人を置き換えるわけがないとわかる。意識の中の普遍的な部分を取り上げているだけだからである。普遍的なものだけが存在するなら、あなたは要らない。物理の法則が宇宙に普遍かつ不変だというなら、物理学の論文に著者名は不要である。意識というのは、変なものだ。つくづくそう思う。

（2018年8月・第36号）

農業のGDP寄与率

母はときどき、自分は百姓の娘だ、と言っていた。でも農業にはまったく関心がなく、開業医で生涯を過ごした。百姓家だった母の実家は兄が継いだが、これも予科練帰りのまま勤めもせず、都会で一生を過ごしたから、要するにわが家から農業は消えてなくなった。農業のＧＤＰ寄与率をご存知だろうか。いわゆる先進諸国は似たようなもので、一パーセント台である。栃木で若者を集めて、有機農業をやっている知り合いがいる。でも農業じゃ食えませんよ、と平然と言う。森林の整備だのなんだのと、いろいろアルバイトを探してきて、それで食っているという。まあ、農業だから「食う」ほうはなんとか自給できたとしても、お金がいるわけである。

その農業を経済化していったのが、アメリカの農業であろう。農業は経済で論じてはいけないのは、わかりきったことである。だからＧＤＰ寄与率を書いた。私はエンゲル係数が大きかった時代、さらには食糧難の時代を過ごしてきたから、農業はかならずしも経済じゃないと知っている。でもいまではほとんどの人が経済の一部だと思っているに違いない。それなら農業なんて二パーセント以下の比率しかない。その程度のことを論じても、二パーセント以下の意味しかない。

農業を経済だと思わない人が有機農業をやる。そう定義してもいいくらいではないか。じつはこれは、どの世界でも似たようなものである。学者は給料を貰い、研究費を貰う。それでなけりゃ、やっていけない。だから給料を出す先、研究費を出す側が優先する。ではは自分のやりたいことと、注文が一致しないときはどうなるか。当然ながら、お金を出す側が優先する。

給料取りも同じ。会社と仕事の優先度を比較したら、会社が先である。だからときどき不祥事が生じる。私はそう見ている。いわゆる職人の世界では、それが顕著である。職人としては辛抱できない。でも会社の都合だから仕方がない。池井戸潤の『七つの会議』(集英社)が現代のそういう事情を上手に描いている。

農業だって、事情はまったく同じ。ただし二パーセント以下だから、小説にもなりにくい。そのあたりのことは、ほとんどの人が気付いているはずである。経済として見れば農業なんてどうでもいい。どれだけ農薬を使って虫を殺そうが、肥料で土を傷めようが、要は経済である。経済が持続可能でなければ、ヒトが食っていけない。まずそちらが優先ではないか。

この辺りのことを率直に論じないから、わけがわからなくなる。経済閣僚が農業を論じるなら、二パーセントでいい。百行の経済報告なら、農業関係は二行でよろしい。経済人が農業なんか不要だと言ったとしても、私は驚かない。農業が問題になるのは、まさに農業が経済ではないからである。

食の側から見れば、よくわかる。テレビを見ていると、やたらに食関係の番組がある。統計は知らないが、二パーセントを超えているに違いない。勤務時間が中断されるのは、昼食のためである。文科省の人たちと同じ船に乗り合わせたことがある。驚いたのは、食事の速さである。食事が速いことでは人後に落ちないと思っていた私より速い。軍隊もそうだったと聞いたことがある。食事時間にすると、勤務時間八時間の二パーセントとして計算すると、十分足らず、霞が関の官僚の昼食時間は、そんなものかもしれない。ここでは食事といえども、経済が貫徹している。

経済は統計数字である。どうせそれで見るなら、他のこともそれで見るべきであろう。そうすれば、数字のおかしさがわかるに違いない。私自身は数字で生きていない。虫の標本を何匹持ってますか。よくそう訊かれる。そんなもの、数える暇があるもんですか。

（2019年8月・第48号）

観光の背景にあるもの

観光の振興が叫ばれた折に、亡くなられた渡部昇一さんが言われたことがある。

「観光なんて振興する必要はない。わかる人が来てくれれば、それでいいんだ」

この辺が観光受け入れのツボではないか。ひたすら客が来ればいいでもないし、そうかといって、観光地が寂れたのでは商売にならない。相手のある仕事は、なにごとであれ、面倒くさい。私はもともとそう思う性質だから、臨床の医者にもなれなかった。患者さんの扱いが苦手だったからである。

京都や鎌倉に観光客が多いのは、なぜだろうか。「鎌倉はいいところですねえ」。そう言ってくれる人が多いから、「どこがいいんですかね」と言い返す。税金は高いし、人が多すぎて休日は外にも出られない。

そう反論すると、「でも緑もあるし、海もある」と言う。「そんなもの、過疎地に行けば、いくらでもありますよ」。なにも相手を黙らせようと思って、議論を吹っかけているわけではない。じつは本当になぜなんだろうと気になっていたのである。

「ともかく雰囲気がありますよ」。この答えがいちばん正解に近く聞こえた。では雰囲気とはなにか。京都も鎌倉も神社仏閣が多いなあ。そう気づいたら、イタリアのフィレンツエだって目玉は花の聖母寺、サンタ・マリア・デル・フィオーレではないか。客船の旅で立ち寄ったカサブランカでも、危ないからとカスバに入れてもらえず、結局は世界のイスラム教徒の寄進でできたという、ものすごく立派なモスクを見て終わり。大自然と言うけれど、思えばご来光を拝んでいるわけ。

現代は宗教離れの時代と言われる。とくにインテリなら、存在するのは物質的世界であり、あとは人が勝手に作り出した、頭の中の妄想だと、なんとなく思っているに違いない。でも、もし人という存在にとって「宗教的なる何か」が不可欠であるとしたら、どうだろうか。俺は無宗教だと思っている人も、それこそ無意識に宗教的雰囲気を求めているのではないか。そう考えると、そうに違いないという気がしてくる。日常からしだいに宗教的なものが排除されていくと同時に、人々は暗黙に宗教的雰囲気を求めるようになる。それが観光に拍車をかけていないか。お伊勢参りに大山詣り、出羽三山、江戸時代の観光はもっぱら宗教を巡っている。若者がパワースポットなどという場所に集まるのも、似たようなことかもしれない。

中国政府の高級官僚が伊勢神宮に行き、お付きの人に真顔で尋ねた話をどこかで紹介した覚えがある。「現代の日本人はこんなことを真面目に信じているんですか」。こんなことも、どんなこともない。人とはそういうものだということを、いちばんよく知っているはずの人たちこそが、長い歴史を持つ中国人ではないのか。

現代はAIがヒトに置き換わると言われる時代である。AIはどんどん利口になり、人に近づくという。やれやれ。そういう人たちは「人とはなにか」を知っていることになる。だって「どんどん似てくる」と言うんですからね。いったいなににに似てくるんだろう。碁・将棋をやると、いまではAIのほうが人に勝つ。どこが人に似ていますかね。私は名人に勝てませんよ。

ここで話はソクラテスに戻る。「汝、自らを知れ」。当たり前だが、われわれはソクラテスの時代からより利口になったとは、到底思えない。

（2019年12月・第52号）

第四章　地域創生の根本は人口問題

都市化とはなにか?

地域を大きく見ると、人と自然という二つの区分になる。私が関心を持ってきたのは後者の自然だけれども、一般には人つまり社会が中心なのだろうと思う。むろん両者はもともと絡まりあっている。それがそう思えなくなってきているのは、日本全体が都市化したからである。

うちは田舎だ。そう思う人もあるかもしれない。でも私は都市化という言葉をきわめて広い意味で使う。つまり頭の中が田舎風ではなくて、都市化したという意味である。現代の日本人は考え方は都市化した。その意味では都会も田舎もなくなった。すべては都市化したのである。都市風の考え方の典型を私は「ああすれば、こうなる」だと言う。あらかじめ考えて、結果を予測する。その予測に従って、行動を調整する。

それればかりやっているからダメなんだよ。そう言うと、「じゃあ、どうしたらいいんですか」と質問が返ってくる。「どうしたらいいのか」という質問自体が、「ああすれば、こうなる」だということに気が付いていない。どうするもこうするも、やってみなけりゃわからないでしょ。そう言うと、今度は「無責任だ」という返答。

そう言われたんじゃあ仕方がない。仕方がないから、また聞き返す。

「あなたの命日はいつですか」
「そんなこと、わかるわけがないでしょ」
「そりゃ無責任じゃないですか」

こんな問答をしているから、嫌われるんだなあ、と思う。

田んぼで稲を作っていたら、わかるはずである。天候次第で、うまくいくこともあれば、いかないこともある。かといって、天候を左右するわけにもいかない。だから田舎風の生活では、かならずしも「ああすれば、こうなる」とは言えないのである。もっと限定して言えば、自然を相手にすれば、かならず読み切れないことが生じてくる。それをどこまで人生の中に具体的に含めるか。その程度が都会と田舎では違ってくる。

それがいちばん明瞭に出るのは、子どもであろう。いまは少子化である。それはだれでも知っていると思うが、その理由はあまり聞かない。都市化すれば、少子化は当然なのである。だって、子育ては「ああすれば、こうなる」というわけにはいかないからである。それができるなら、とうの昔に天才教育が普及しているであろう。「どうなるか、わからない」からこそ、子どもは面白い。でもそれを不安だと思えば、こんな不安なことはない。いつ死んでいなくなってしまうか、わからない。

都市は若者を集めて、増えなくするところだ。増田寛也編著『地方消滅』（82ページ参照）にそう書いてあった。そんな気がする。そういうことなのである。頭の中を都市化してしまうと、子どもなんて、厄介でしょうがない。明日は大切な会議だ。そういう時に限って急に熱が出て、ハシカになったりする。いざそうなったら、それはそれで手が打てるが、「ああすれば、こうなる」ということは、あらかじめ予測することだから、そうなったらどうしよう、とあらかじめ思う。面倒くさい。子どもなんか、いらない。そういうことになる。なるんだろうと思う。

十年くらい前の話だが、日本でいちばん人口の再生産率が高いのは、鹿児島県の沖永良部島、いちばん低いのは東京都目黒区ということだった。まあそんなところでしょうね。沖永良部で若いお母さんが子どもを持てば、周囲のお年寄りがみんなで面倒を見てくれる。経験者ばかりだから、安心であろう。目黒のアパートじゃあ、だれも見てくれない。それより見慣れない人が来たら不審者である。島じゃあ、不審者の居場所がない。

田舎は人間関係が面倒だ。その通り。ではそれを切って、都会に出て面倒をなくしたらなにが起こるか。結婚する、家を買う、子どもを産む、最後には死ぬ。そういうことをしてみたら、すぐにわかるはずである。都会では面倒な人間関係を保険に変える。つまり万事をお金にする。保険会社がどんどん大きくなるのは、都市化の一つだと私は思っているのである。

（2015年9月・第1号）

日本社会の大問題

長い目で見た時の日本社会の大問題はなにか。それは少子化であろう。そんなこと、わかっている。そういわれそうだが、この問題はじつはむずかしい。

少子化に対する態度は大きく二つある。一つは、放っておいても、いずれは増えだすんじゃないかという、いわゆる希望的観測。もう一つは、とりあえずなんとかしなくちゃ。だから保育園であり、児童手当であり、その他もろもろの施策になる。

ここで問題にしたいのは、そのいずれでもない。たとえば都会の現状を固定したとしよう。そのまま未来に続くとすると、東京都や京都府は間違いなく人がいなくなる。出生率が一・二程度だからである。これは「都」ではなにかが変だということを意味している。それがなんなのか、よくわからない。

都会に人口が集中するが、そこでは人が増えない。『地方消滅』（82ページ参照）には「都会は人を増えなくする装置」という表現があったような気がする。たしかにそう言いたくなる。

都市化は程度問題である。人類の歴史を見ても、都市化はかならず起こる。ただし行き過ぎると、社会自体が持続不能となる。あらゆる文明は滅びるというのは、そのことかもしれないのである。かといって、毛沢東時代のように若者を下放するわけにもいくまい。それならまさに地方創生しかない。私は下放まで行かずとも、地方への参勤交代をしたらどうかと、以前から提案している。これが実行できないのは、ヒトが定住するという本性から逃れられないからかもしれない。

地方創生の根本は、人口の持続可能性に置くべきであろう。ヒト社会が健全に再生する、すなわち持続可能となるようにする。それには、どのような形の社会が望ましいのか。そのモデルは確実にあるはずである。広い世界には、着実に持続可能な社会があると思うからである。それを探せばいい。探せないというのであれば、自分たちで創り出すしかない。それがまさに地方創生そのものである。

出生率の低下の一因として、未婚者の増加も挙げられている。大都市でいうと、横浜市の単身所帯は四割に至っているという。私のような古い人間からすると、単身を所帯というのも変な感じがするが、ともあれ老人と若者に単身者が多いということであろう。老人は人口問題には関係がない。そう思うけれども、じつは違うかもしれない。さまざまな分野での、いわゆる後継者問題は、老人側の態度が絡んでいる可能性がある。超高齢社会では、それはあんがい大きなことかもしれない。

人口は個人ではどうしようもない問題である。エマニュエル・トッドは人口学者で、ソ連崩壊、EU離脱などを予言したとして有名である。社会の長期的な動きを予測するには、人口のように簡単には動かせないものを根拠にするのが適切なのではないか。私にはもう残された時間がないが、若い世代のヒントになればいいと思う。

（2017年2月・第18号）

古希を超えて人生を考える

二月二十七日に東京の市町村会館でシンポジウムがあった。奄美群島徳之島の伊仙町主催だった。伊仙町は現在、日本でいちばん人口の再生産率が高いということである。しばらく前は沖永良部島だったと思う。

子どもを増やすために、こうした島の自治体がなにか特別なことをしたということではないであろう。むしろ他の地域の出生率が下がったので、取り残されたというのが正解かもしれない。それなら残されて正解か。

清流といえば島根県の益田に流れ出す高津川、高知の四万十川が代表である。どちらも流域に大きな都市がなく、いわば経済的に川の利用価値が小さかったことが清流を産んだらしい。これも努力した結果というより、開発行為をなにもしなかった結果であろう。

出生率であれ、清流であれ、自然そのものである。自然が失われた結果が、いわば奇妙な名所を創り出す。それが現代社会の病弊を逆照射しているように見える。

超高齢社会になって、医療費が経済を圧迫している。後期高齢者には積極的な医療を止めたらどうか、という意見すらある。高齢者に限らない。近藤誠氏の「がんと闘うな」はご存知の方も多いであろう。これはじつは近藤氏にはじまる話ではない。積極的医療と待機的医療の対立は、医療の歴史の中につねに存在してきた。十九世紀のウィーン医学は待機的な考え方が主流で、医史学では「治療ニヒリズム」という言葉すら産んだ。

現代の環境問題はさらに厄介である。経済成長に「積極的に」いそしんだ結果、炭酸ガスが増えて地球が温暖化し、気候変動が起こるという。それに対して「積極的に」なにかしようとする。国連でその相談をする。なかなか決まらない。

医療でもこれに類することが起こった。それをスパゲティ症候群などという。患者さんが管だらけになったからである。あれこれ手を打ち始めると、際限がない。どこでやめたらいいのか、わからなくなる。手を打つたびに、それなりのコストがかかるのは当然である。親の病気の薬を買うために、娘が身売りする。江戸時代のそんな話が社会全体に拡大しているだけのことかもしれない。

人類社会全体を通じて最大の問題は、温暖化であろう。温暖化が人為的でなければ、仕方がないで済む。もし人為的なら、打つ手があるだろうか。化石燃料をできるだけ使わないという「待機的な」方法を、「積極的に」決めることが果たしてできるのだろうか。なにをして、なにをしないか。考えるのが面倒になると、つい腕力に訴える。それだと強いほうが勝つから、逆にテロを生み出すことになる。

なにをどう考えるのかといって、最後はヒトについて考えるしかないのではないか。というに古稀を超えて、人生とはなにかと、青臭いことをふたたび考える。考えざるを得ないのである。

（2016年5月・第9号）

身体を動かす必然性

なんとなく地域のことに関与することになって、二十年以上になる。話は大げさに聞こえるかもしれないが、私にしてみれば、もともとは日本人の暮らし方の問題だった。つまり都市化の問題である。それを私は脳化と呼んだ。都市は必要だし、文明社会ではどこにでもある。ただしそれは程度問題である。すべてが都市だけになるわけにはいかない。東京都の食糧自給率は一パーセント、それを考えてもわかるはずである。

脳化とはつまり意識化で、そこでお留守になりやすいのは身体である。だから身体論にも関心を持った。個人にしてみれば、これは考え方の問題であると同時に、暮らし方の問題である。だから話はじつは根源的で、厄介といえば厄介である。田舎暮らしというが、一家に車が何台もあって、子どもの学校も車で送り迎えというのは、要するに都市化である。でも田舎に住んだら、車がなけりゃ暮らせない。社会システムの在り方がここに絡んでくる。

昨日はつくば市に行った。ホテルの二階の窓から見ていると、見渡す限り駐車した車ばかり。ここであえて歩こうとすれば、面倒だろうなあ。天気が良ければまだしも、雨風が大変に違いないと思う。筑波大学ができたころ、『諸君！』（文藝春秋）という雑誌に、先生方は馬で大学に通ったら、という提案を書いたことがある。冗談半分だけれども、逆に半分は本音だった。あの頃からやっていれば、いまでは面白い観光資源になっているはずである。さまざまな意味で、学生の教育にも資すると思うのだが。

先週は沖縄に行ったが、なにかというと車のお出迎えである。沖縄の男性の平均寿命が縮んだのは、そのせいだと私は考えている。歩かないで車に頼る。女性の寿命がそう縮んでいないのは、家事をするからであろう。結局、女性は日常の運動量が多いのである。そこには生活の必然がある。

現地の方に案内をしていただいて、近くの山に登った。山が好きで、いつもヤンバルの山を歩いているという。こういう人は健康に違いない。年配者だが、仕事はまだ現役で、その合間に山に登る。田舎のいいところはこれである。都内に住むと、山に行くだけで時間がかかってしまう。沖縄なら、ちょっとそこまで、という感じ。

都会では生活の中に体を動かす必然性がない。だから「健康のため」と称して、あえてジョギングをしたり、ジムに通ったりする。イギリスの貴族のゴルフや乗馬と似たようなことであろう。現代では貴族でなくて、一般市民がそれをしなければならない。

日常生活の中に、必然としてどう身体運動を含ませるか。中国人は太極拳が好きだが、あれも都会暮らしの必然かもしれない。無理をするのは長続きしない。運動を日常の必然にどう取り込むか、いつも悩んでいる。私の場合には虫採りがいちばんいいのだが、忙しくなると、その時間がなかなか取れない。しようがないから、天気の日には駅まで歩く。原稿書きは運動にはならない。これは身体の敵というしかない。

（2016年2月・第6号）

都会と田舎を上手に切り替える

お正月には休みを取ろう。そう思って、一月一日前後の三週間、仕事を入れない日を計画しておいた。そこを空けておくと、たしかに仕事は入らない。でも仕事以外に、お付き合いというのがある。仕事をしないと、そちらが増える。義理が絡むからやむを得ない。人に会う時間はそれなりに楽しいけれども、具体的な用件がない分、意外に時間が潰れてしまう。

私には自分だけでする仕事がある。昆虫の調査研究である。基礎から自分で勉強するのだから、手間暇がかかる。しかもこれをやるときの頭の使い方と、人に会う時の頭の使い方は違う。さっきまで人と話をしていて、さあこれから標本を見る、というわけにはいかない。若い時は一日中顕微鏡をのぞいていて、外に出たら雲が細胞に見えたことがある。この歳ではさすがにそうはいかない。頭を切り替える準備運動が必要で、それには数日かかる。いわゆるリハビリというヤツ。

この間はどこまでやったっけ。そこから思い出さなければならない。標本を観察しながらメモをとるが、以前に書いたメモの意味が、もはやわからなくなっている。やっとどうやら進み始めたと思う頃には、予定した休みが終わってしまう。

人と付き合う時の脳の働き方を、近年では社会脳という。独りでコツコツ考え事や仕事をしている時には、非社会脳が働く。もっぱら対人関係で仕事をしている時は社会脳だから、それはそれでいい。でも時に非社会脳を働かせて、自分でする作業を主にしようとすると、義理を欠き、生活を気にせず、集中しなければならない。なかなかそうはいかないなあ。そう感じる。

この二つの脳は、働いている部分が違う。だから両方を鍛えないといけないのだが、その釣り合いがいまでも難しい。時間に余裕がないと、十分な切り替えも利かず、結局は中途半端に終わってしまう。

田舎で暮らす、都会で暮らす、これも二つの脳に近いところがある。どちらかにしてしまえば楽だろうが、本当はそれでは具合が悪いのだと思う。二つの生き方の釣り合いをほどよくとらなければならない。でもうっかりすると、どちらもちゃんとは動かない、という中途半端な状態に陥る。

現代日本もひょっとすると、そういう状態か。都会の良さも、田舎の良さもわからないではない。でもいざ具体的に動き出そうとすると、上手に切り替えられなくて、中途半端で終わる。田舎暮らしを勧めると、じゃあ都会はどうなるということになる。だから地方創生と同時に、一億総活躍社会ということになるのであろう。

全体が元気になればいいいんだろ。そりゃ当然だが、ところでそれなら、地方創生はどうなったのか。スローガンというのは所詮はそういうもの。実際には虫の研究と同じで、長年コツコツやるしかないんでしょうな。

（2016年3月・第7号）

言葉の無力について

都市と田舎は対になっている。でもこの区分がいまでは曖昧になってきている。それはすでに何度か指摘してきた。

都市と田舎の区分の基本を作っているのは意識、つまり脳である。意識が作ったものを私は人工、作らなかったものを自然と呼んでいる。都市は人工物が主体で、田舎は自然が優越している。

あるときイランからの留学生に、手近にあった机を例にとって「これは人工物だろ」と説明したら、「でも先生、材料は自然です」と反論された。なるほど、面白いなあ。

日本では「物」というと、ふつう形あるものを指す。その時に材質を問題にすることは少ないと思う。机を見て、私は人がデザインしたものだということをまず意識した。ところがイランの留学生は、材質を見て、木だからそれは自然のものだと考えた。留学生の方が「本質」を見ていたともいえる。

唯物論という言葉がある。英語ならマテリアリズムである。欧米の人も、イランの人と似ていて、材質を見てしまうらしい。唯物論という日本語が誤解を招くとすれば、ここであろう。唯物論というと、唯心論と対比される。でもここでは、形あるものと心とが対比されているのではない。材質と心とが対比されている。これは日本語の世界では、考えにくいことである。本来は唯「物」というより、唯「物質」論なのである。

大して違わないじゃないか。そうかもしれないけれど、そうでないかもしれない。虫の形をキリスト教世界では神のデザインと見なした。だから神は創造者なのである。日本では虫の形は「ひとりでにああなった」のである。そこに人為は関与していない。それが「自然」なのである。荻生徂徠も二宮尊徳も、それを「天道」と呼んだ。

都市と田舎はどこにでもある。人類史でいうなら、メソポタミア以来かもしれない。でも、それを論じようとすると、論じ方自体がまず食い違ってしまう。そこをきちんと整理することはできるはずである。でも面倒くさいなあ。

田んぼや畑は典型であろう。自然といえばいえるし、人工でもある。杉や檜の人工林と田畑に囲まれた地域で、「自然が豊か」などといわれるとしらける。そうかといって、人がまったく関与してない自然なら、人にとってはあってもなくても同じである。強い自然保護論者なら、人手が入っていない自然を理想とする。でもそれは定義により人間社会に関係がない。

自然を相手にすると、とたんに言葉は力を失う。この落差がなんとも言えない。解剖学は「人体という自然」を言語化することに努め、分類学はすべての動植物を言語化しようとしてきた。ムダといえばムダな努力だったなあと思う。でもそこにヒトと自然の関係が如実に示されている。ヒトのすることは所詮はそういうことではないのか。歳のせいか、近頃はそう思うようになった。

（２０１６年４月・第８号）

グローバルと反グローバル

ギリスではＥＵ離脱派が多数を占めた。アメリカでは大統領選挙でトランプが当選した。共通点はどこだろうか。

双方とも、メディアの希望的観測に反した、ということだろうか。ということは、メディアは結局は欧州統合派であり、クリントン支持だったということになる。なぜそうだったのかといえば、メディアは「進歩的」で、「世間はこうなるはずだ」というほうに動く傾向がある、というのが一つ。もう一つはメディアを動かしているのは、実利的にはグローバル派だからであろう。たとえばテレビなら、コマーシャルを見ればわかる。勘定してみたことはないが、コマーシャルの多くは上場の大企業である。

私は政治のニュースにはほとんど興味がない。だから本当のところはよくわからない。わかろうとも思わない。でも地域というのは、いうなればグローバルの反対であろう。地域おこしが盛んになるということは、日本の世間にも実質的に反グローバル的な傾向が存在しているということである。

なぜただいま現在が反グローバル的なのか。いくらなんでも、グローバル化が行き過ぎたからであろう。そういう時には、針が逆方向に振れても不思議ではない。それならすべてが反グローバルになるかといったら、なるわけはない。パソコン一つ、アマゾン一つを例に考えてもわかるであろう。

こういう世間の傾向は、長い目で見れば、いわば振動しつつ、収まるべき辺りに収まる。政治やメディアは、その時々に関わっているから、株価みたいなもので、上がり下がりをたえず見ていなければならない。そんな面倒なことを私はする気はない。土台が怠け者で、そんなことは考えたくもないのである。

イギリスがＥＵを離脱しようがするまいが、イギリスは大陸諸国と関係を持たざるを得ない。それなら、遠方から見れば、離脱も統合もどのみち同じようなことである。個人の場合なら、たとえ離婚したところで、子どもの面倒を具体的にどちらがどの程度見るのか、その問題は残る。怠け者からすれば、どっちだって面倒は同じじゃないか、ということになる。

クリントンかトランプか。これも似たようなものであろう。政策を極端に変えれば、あれこれ問題が起こる。そんなことはわかりきっているではないか。それならテキトーにやるしかない。それが多少右に寄ったり、左に寄ったりするだけで、関係者は大変かもしれないが、遠目に見れば、大した違いはないということになろう。

答えは簡単である。関わらなければいい。私は健康診断に行かない。なぜならうっかり行くと、病気になるからである。その病気を発見するために健康診断に行くんだろうが。そりゃそうだが、その病気が治療できないものだったらどうするのか。早期診断をしないと、手遅れになる。じゃあ、どのレベルなら早期で、どのレベルなら手遅れか。まったく健康だ。そういう確率はどのくらいあるのか。そう考えていくと、自分の寿命の予測だって、複雑すぎてよくわからないことがわかる。それを「わかる」と思うのが現代人であろう。それは信仰だから、変えろとは言わない。信仰はまさに個人の自由である。ただ私は「寿命は読める」という信仰を持っていないだけである。だからそれを読むための努力はしない。

政治もこれと同じ。関わってしまえば、トランプが当選したら大変だ。さっそく会いに行かなきゃ。そういうことになるのかもしれないが、当たり前だが、私にはそういう必要はまったくない。トランプだろうが、花札だろうが、どうでもいい。

グローバルとか、反グローバルとか、取り立てて言う必要はない。そう思う。どちらも必要に決まっているからである。ただ「地域人」という視点からすれば、どちらがどう関わってくるのか、自分なりに冷静に判断せよということになろう。モンサントをバイエルが買収するというニュースがあった。地域人としては、この方が気になりますけどね。

（2017年1月・第17号）

「意味」とはなんなのか？

情報には大事な性質が二つある。私はそう思っている。

一つは、それ自体が時間とともに変化することがない、ということである。文章に書いてしまうと、そのまま止まっている。「諸行無常」と書くと、「すべては移り変わる」という意味であるのに、いつまでたっても「諸行無常」と書いてある。もちろんそう書いてある本があれば、それは具体的なものだから、どんどん古くなって、いつかはかならず滅びる。本は無常だが、中身つまりテキストは無常ではない。だから話も同じである。テープレコーダーに記録すると、いつまでたっても「同じ話」が聞こえてくる。

情報のもう一つの特徴は「意味」である。われわれは世界を感覚で捉える。でも捉えたものに「意味」がないと、ただちに忘れる。

ここをよくお考えいただきたいのである。私が田舎暮らしを勧める最大の背景は、ここにある。なぜなら田舎ではたえず自然に触れる。触れざるを得ない。都会のオフィスにはそれがない。その違いはなにか。五感から入力されるものの「意味」である。

オフィスに置かれたものは、じつはすべて人にとって「意味がある」。そこにはふつう「ただの石ころ」は置いてない。当たり前だが、田舎に行ったら、「ただの石ころ」は逆にいくらでも転がっている。

テレビを見たり、本を読んだり、ほかの人と話をしたりする。その時も五感を使う。目で見て、耳で聞く。でもそれは意味に直結している。それが都会である。忙しい人になると、「今日はいい天気ですね」と言っただけで、怒られかねない。忙しいんだから、当たり前のことで俺の時間を削るな。

田舎と都会の最大の違いはそこである。都会の人は忙しい。歩く速さが違う。田舎から出てくると、なんであんなに速く歩くのか、と思う。あれは必死になって「意味」を追求しているのであろう。歩くこと自体、一歩一歩にはとくに意味はない。ただその一歩を積み重ねないと、目的地に行けない。「意味」を追求すると、とにかく目的地に行けばいいんだということになる。それなら一歩一歩はどうでもいい。だから現代人は車に乗り、電車に乗る。

田舎に行けば、すぐにわかる。草木が生え、鳥が鳴く。石ころが転がっていて、ミミズが死んでいる。風が吹く、日が照る。そのすべてにとりあえず意味がない。テレビの画面なら、見せようと思って作っているんだから、すでにそれには意味が与えられている。それぞれの画面にどれだけの意味をどう与えるか、それがディレクターの腕の見せ所であろう。

意味のあるものだけを見ているから、意味のないものを見せられると、都会の人はしばしば逆上する。意味がないからといって、見過ごしてもらえない。その裏には「すべてのものには意味がある」という信念が隠れていないだろうか。そこに昨年起こったきわめてイヤな事件の鍵がないか。相模原での十九人殺し（51ページ参照）である。

（2017年6月・第22号）

変わってしまった世界

この春は寒かった。でも群馬県館林の人はそうは言わないと思う。五月なのに気温が三十度を大きく超えたりしているからである。私は箱根の仙石原にいることが多かった。あそこは標高七百メートル近いので、どうしても冷える。

箱根に何日か籠って、虫の顔ばかり見ていた。その後、用事があって東京に出て、いささかびっくりした。東京駅の構内を歩いていると、私の速度で歩く人はいない。皆さんに追い越される。都会の人は歩くのが速い。それは知っていたが、実際に自分で体験するとは思わなかった。その状況では私は明らかに邪魔な老人である。

用事を済ませて、夕方ふたたび駅の構内を歩いて気が付いた。自分が周囲の人と同じ速さで歩いている。ゆっくり歩く人を追い越す。半日都会にいただけで、もう適応している。こういうことは、すぐに伝染するらしい。

都会で暮らす、田舎で暮らすといっても、本来善悪はないはずである。問題は自分の生き方に決まっている。それが固定しているかというと、必ずしもそうではない。

久しぶりに都会に出ると、異邦人になった気がしないでもない。周囲の人がなんだか珍しいものに見える。あれ、人ってこんな表情をするんだっけ。季節が移っているから、服装も違っている。なんだか変だなあ。珍しがって、あんまり他人を観察するのもどうかと思うから、自粛する。そういえば、田舎者が都会に出てくると、きょろきょろすると、昔から言うなあ。

それで気が付く。変なのは私の方かもしれない。若いころに統合失調症が急性に発症するときの記録を読んだことがある。世界が突然変わってしまう。歩いている人が人形のように見える。人を見る時の通常の感覚が失われるらしい。私の場合は、それほど極端ではない。でも似たようなことが起こっている。当たり前だが、世界を把握しているのは自分なのである。だから自分が変われば、世界が変わってしまう。

その変わってしまった世界にしばらくいると、それに適応して、それが当然になる。揺れる船に長期間乗っていて、地上に降りると、地面が揺れている。どちらが本当ということではない。要は自分と周囲の世界との関係に過ぎない。

人は案外そういうことを認めたがらない。世界は安定していて、不安定になるのは一時的な事だ。そう解釈する。それで間違いとは思わない。でもその裏には、世界は安定しているはずだという思い込みがないか。だから現代人は安全、安心を言う。そこには安定が前提されている。

根本的にそんなものはありませんよ。それをわざわざ言うのは、意地悪かもしれない。でも諸行無常とは、そういうことではないのか。世界は意地悪なものではない。そういう保証もまたないのである。

（2017年7月・第23号）

都民ファーストは本当か？

近頃困ることといえば、講演後の質問である。以前困ったことはほとんどないが、最近は困る。なぜかというと、先生みたいな考え方だと、要するに周囲と、あるいは自分の仕事そのものと、ぶつかりますと言われる。私の考え方が具体的に理解されてきたからだと思えば、ありがたいことだが、皆さんにストレスをかけるのは申し訳がない気がする。

思えば、ぶつかるに決まってますな。いまの世間のどこかがおかしいから、ここが変でしょと言っているだけである。でもその「変」が世間の大勢なら、批判しているほうが、数の上では「変」である。それはわかりきったことではないか。

都市と田舎を比較してみよう。今や世界の人の八割が都市に住むという。それならまず数の上でも、都市の理屈が通るはずである。でもその都市が長持ちするかというなら、いまのままでは、たとえば少子化で日本の世間が消えてしまうことは明らかである。

都市が維持できてきたのは、田舎から若者が来たからである。もちろん都市でも人は増えると言えば増える。でも都市を維持するには不十分である。それは食物だって同じ。食物は都市だけではとうてい維持できない。東京都の食糧自給率は一パーセント。考えるまでもないことである。でも子どもも食料と「同じようなもの」だとは考えないらしい。頭の中でヒトを特別扱いするからである。

都会の理屈に頼って、農業を考えようとする。だから「農業を工業化する」という。それは結構だが、そういう人たちは、本当にビルで育てた米を食べて生きようと思っているのだろうか。以前ホリエモン（堀江貴文）が元気で頑張っている時に、ハンバーガーを食べながら働いているのを、テレビで見たことがある。働くのも結構だが、もうちょっと自分の人生を考えたらどうかしら。余計なことだが、そう感じた。相手が家族なら、そう注意するところである。

東京では子どもはまず病院で生まれる。死ぬ時も九割以上は病院。だから東京の住民は「仮退院中の病人」だと書いたことがある。このところ知事を三度、取り換えた。住民たちが自分で決めた知事である。自分で決めた女房を三度取り換えるのでも、あまり普通ではないでしょうね。その都度、お金がかかる。それができる都は金持ちで、金持ちの基準で世界を決められたのでは、残りの世界が困る。

いまや霞が関より、都庁のほうが強いかもしれない。以前にそんなことを聞いた覚えがある。小池百合子知事は国政選挙には出ないと言っているらしい。たしかに世間の風をよく読んでいると思う。

いまは都を押さえる方が霞が関を押さえるよりいい。国は官僚制度が堅い。よく言えばしっかりしている。それに比べたら、都庁のほうが楽に左右できそうだということは、素人でもわかる。左右しなくたって、メディアが動き、都民が思うほうに動いてくれればいい。

政治は皆さんが思っているほど、世界を動かすわけではない。われわれの生活を具体的に変えてきたのは、経済であり、技術である。さらにその世界を根本で左右するのは、普通の人の生き方、考え方である。東京都民の生き方と考え方が健全なのか、そこが問題であろう。「都民ファースト」が本当に日本の為、将来の為だろうか。

（2017年12月・第28号）

ヒトの「脳」と「能力」

統計でものを考える時代になった。医学はその典型であろう。患者さんの身体を数値化し、ある範囲を決めて、その中に入れば正常値とする。そこからはずれるものが病気ということになる。むろん当人の自覚症状は関係がない。

経済はもともと数値で計る。それにしても、なにをどう計っているのか、素人にはとうてい理解できない。

私の恩師がよく言われていたことがある。「計ってわかるものは、見たらわかる。見てもわからない時は、計ってもわからない」。少なくとも具体的な生物の形質については、私もいまだに同意見である。

たとえば二種類の虫の大きさを計るとする。両者の間に一割以上の大きさの違いがある時は、一方の種類のほうが大きいことが、単に両者の集団を見て比較すればわかる。かならずしも計る必要がない。他方、一割以内しか差がないと、見た目ではなかなか難しい。それではというので、丁寧に計ってみると、やっぱりどちらが大きいか、確実なことが言えないとわかる。

識別できるかできないか、これは長い進化の過程で、ヒトが必要上身に付けてきた性質に違いない。その能力が経済統計を理解するために、どの程度役に立つのか。ひょっとするとヒトは、なにかとんでもない見当はずれをしているのではないか。そんな疑問が消えない。

ヒトの眼は三色原理である。霊長類の多くは三色らしいが、ふつうの哺乳類は二色だと言われる。つまりサルの仲間が三色原理の網膜を持つようになった。色の種類が二から三に増えたわけだが、なぜそうなったか。新たに獲得された三番目の色彩は、以前からあった二色の中間ではない。以前からある赤にずっと近い波長になっている。じつはおかげで顔色の変化をよく捉えることができる。霊長類は社会生活をするからである。つまり三色になったのは、「顔色を読む」ためなのである。

ヒトが大きな脳を持つようになったのは、やはり社会生活が関係している。霊長類ではその種が作る個体群の大きさと、脳の大きさがいわば比例する。ヒトの脳がとりわけ大きくなったのは、その原理の延長上にある可能性がある。つまりヒトは大きな集団を作ることによって、脳を大きくしていった。むろんこういう理屈は逆転して考えることも可能である。脳が大きくなったから、集団を大きくすることができたのだ、と。

いずれにせよ、大きくなった脳が作る社会では、小さい脳は不利になる。たとえば言語能力が欠けたヒトはいたかもしれないが、おそらく集団から排除されたに違いない。われわれが「なにかを理解し、なにかをすることができる」というのは、その「なにか」のために能力を発達させたとは限らない。この辺りが機能の進化の面白いところであり、難しいところである。

話を簡単にしてくれ。そう言われそうである。理屈で考えることには、限度がありますよ。そう言えばいいのかもしれない。しかしこれも統計と似ていて、そんなことなら、最初からわかってますよ。そう言われそうでもある。

（2018年5月・第33号）

古いものと同じもの

私は昆虫標本をたくさん持っている。自分で採ったものでは、五十年前の中学生時代の採集品もあるし、他人が採ったものでは、自分が生まれる以前のものもある。その意味では、古いものを保存するのは当然だと思っている。

建物や町並みは、昆虫標本のような自然物とは少し事情が違う。どうせ人の創ったものだから、時代の変化とともに滅びて当然。そういう見方もあろう。逆に昆虫なら、絶滅しない限りまた採ればいい、だから捨ててもいい、という理屈もあり得る。

人工、自然を問わず、すべてはその時かぎりと考えることもできる。昆虫なら、古い東京の虫の標本はもはや再び手に入らない。現地はビルになって、当然絶滅しているからである。その意味では考古学的な資料である。建物も似たようなもの。

さてどうするのか。というより、どう考えたらいいのか。

世界遺産というのがある。その思想がどういうものか、私は知らない。でも古いものを保存しようという意志が働いていることは間違いない。なぜ古いものを保存しようとするのか。科学的に検証されてはいないと思うが、なぜかヒトは古いものにこだわるらしい。第二次大戦後に、欧州のいくつかの街が再建された。それもほとんど元の街と同じように、である。サンクトペテルブルクがそうで、ドレスデンがそうである。日本でそれをするのは、伊勢神宮の式年遷宮であろう。

その背景にある気持ちはなにか。簡単にそれを定義することはできない。しかしまず第一に想定できることは、そうした風景が、その人の原点になっている可能性である。人には故郷があり、その故郷とは、都市でいうなら、その都市の風景であろう。その風景が失われることは、そのまま故郷の喪失につながる。故郷はかならずしも田舎の風景、自然の風景とは限らない。都会人にとっては、都市の風景なのである。

空間定位は動物の基本的な能力の一つである。ツバメは毎年同じ場所に戻り、サケは同じ川に戻る。そのときの「同じ」とはなんだろうか。ヒトにとっては、それが子ども時代の風景かもしれない。さらにそれを象徴するものとして、一般的に古いものを遺そうとする。それが世界遺産の背景にある感情ではないか。

仏教は諸行無常を言う。すべてのものは時とともに移り変わる。しかしヒトは間違いなく、移り変わらないものを求める。時とともに移り変わらないもの、それは情報である。

だからヒト社会は、結局情報化する。現代はそれが著しい時代である。諸行無常という言葉自体は、何千年経っても変化しない。

でも情報の不変さだけでは、おそらくヒトは満足しない。ピラミッドや万里の長城に示されているのは、時とともに変わらない現物なのである。ピラミッドは方位に徹底してこだわっている。あれは正確に東西南北を向き、しかも北極星に向かう孔《あな》が作られている。方位とは時間とともに変化しないと思われる空間の性質を示す。東は東、西は西なのである。ヒトは意識を持った時に、「同じ」もの、時間的には「永遠」を望んだ。永遠とは時間とともに変化しないものを意味する。

古いものを遺そうとする。その根本はおそらく「同じ」にある。この「同じにする」という能力こそが、ヒトの意識に初めて生じた能力なのである。

（2018年10月・第38号）

後継ぎ問題

世の中にはどうしようもない問題というのがある。現代の日本でいえば、まず人口の減少。実際には、人口全体ではなく、十五歳から六十五歳の生産年齢人口の減少である。その根本は少子化で、そのまた根っこは自然離れである。ヒトが自然から離れて、意識の中で暮らすようになった。それを都市といい、文明という。

そこでは子どもが減る。なぜなら子どもは自然に近く、お産や新生児は自然そのままと言ってもいいからである。ここまで脳の中で暮らすようになった人類にとって、お産なんて、野蛮以外の何物でもない。だから自宅ではなく、病院で産む。要するに生まれること、死ぬことは、自然ではなく、異常である。行きつくところは、コンピュータがヒトに置き換わるという、わけのわからない考え方。

大勢の人を管理するためには、システムが必要である。そのシステムをより合理的、より効率的、より経済的に構築してきたら、結局ヒトは要らないという結論になった。システムがちゃんと動けばいいので、ヒトが減ろうが増えようが、システムにとっては無関係である。

小学校を考えてみよう。少子化で子どもはどんどん減る。だから学校は統廃合される。先生はどうかというと、夏休みにも子どものいない学校に行って働いている。訊くと、忙しくて仕方がないという。にもかかわらず、子どもが減ったから余裕ができた、一人当たり余分に面倒を見ることができる、だから統廃合はやめましょうという声は一切聞こえない。これって、なんですかかね。つまり教育制度の維持が根幹なのであって、そのためには合理的、効率的、経済的に学校を運営する。それが目標になっているとしか思えない。肝心の子どもはどこに行ったんですかね。

システムの優先はあらゆるところに出現している。システムは「理性的に」構築されるもので、理性が一切関わらない部分がヒトにあることは、忘れられてしまう。

ヒトはその時々を生きる。子どもである時間も、人生の一部である。しかし現代の教育では、子どもの人生は「将来のため」であって、子どもの人生そのものを生きることだと思われていない。子ども時代を生きることも「ちゃんとした人生の一部である」。それを子どもの「人権」という。

後継者問題は起こるべくして起こった。まず自然離れで、自然に直接に接する仕事から始まった。一次産業である。さらに一次産業に類する仕事のすべてに及んでいる。メディアでいうなら、世間の出来事をニュースとして発掘するのは、いわば一次産業である。ところが実情は、他人が論じたものをまた論じることがほとんどではないか。失言問題はその典型であろう。言葉はせんじ詰めれば、空気の振動に過ぎないのである。

続いて生産年齢人口の減少、システム化による人間関係の希薄化である。子どもが家業を継がないなら、孫にすればいいと論じたことがある。高齢化で引退の時期が延びてしまったからである。これも人類史上、初の出来事である。長生きのし過ぎなんですね。

私もおびただしい昆虫の標本を残したまま、後継者なしで死ぬことになると思う。まあ、時代はしょうがないんですね。

（2019年6月・第46号）

子どもの幸せ

学制の改革は私が若い頃に行われた。いわゆる六・三制に変わった時で、私の数年上までが旧制高校だった。こういうことの是非は議論しても仕方がない。学制改革の結果がどうであったか、それを測るべきモノサシがない。

教育の議論は際限がない。誰であれ、一定の制度で教育を受けてきているから、ほとんどの人に一家言がある。でも自分は一回しか教育を受けられないから比較の対象がなく、本当は是非を論じようがない。

もちろん教育に関して、全体的な傾向を述べることはできる。二〇二二年に教育についていちばん参考になったルポは、髙橋秀実『道徳教室　いい人じゃなきゃダメですか』（ポプラ社）だった。小学生が「道徳」という科目をどう教わり、どう思っているのか、そうなる背景はなにか、それがよく伝わってくる。

現代社会で教育に注目が集まる理由の一つは、少子化であろう。なにしろ生徒が集まらなくては、教育自体も教育制度も成り立たない。

つい最近、オオタヴィン監督の『夢見る小学校』という記録映画を観た。映画の後で脳科学者の茂木健一郎とオオタ監督と私の三人で、この作品について議論する機会があった。駒澤大学の授業の一環だった。公立学校の子どもたちが、ほとんどフリースクールのような状態で授業を受ける。それが一般化しないことについて、多くの人が文科省の縛りを問題にするが、じつは文科省の縛りなんてない。問題は現場の教師と親たちであって、経済成長期に必要とされた、一定の常識を備えた、一律の世界に適応の良い、おとなしい子どもたちの育成を目的とする癖がついている。その背景には江戸時代以来の世間の暗黙のルールが存在しているから、議論なんかしたところでラチが明かないのである。

三十代までの若い世代の死因のトップが自殺だというのは、現代日本社会の病を示す典型であろう。そこに子どもたちをできるだけ自由に「遊ばせる」型の教育が現れてくるのは、いわば必然と言うしかない。そこで子どもたちが幸せを感じるなら、それでいいのである。そうした教育の普及によって、自殺が減少するか否かは、良いモノサシになるはずであろう。

その場合、小学校以降の、より高等の教育はどうあるべきか。多様性を高めるしかない。一律に教え込んでいないのだから、それぞれの子どもに対して、適切な教育を施さなければばならない。書類書きが大変で、子どもの相手をしている時間がない先生なんて、教育の本来に反している。少子化の時代に、従来通りの教育をしていたら、都合が悪いだろうということは、誰にでもわかるはずである。いわば勝手気ままに小学校を経てきた子どもたちの次に来る教育は、その子を見て丁寧にやるしかない。人が少なくなった社会では、各人が全能力を発揮してくれなくては、社会が成り立たなくなる。その意味で来るべき時代は、することが多方面にたくさんあって、希望にあふれているというべきであろう。

今日は環境省の主催で、茨城県内の里山で全国から参加した五組の子どもたちと、虫採りをした。この子たちはやがてかならず大震災に出遭うはずで、その時には自分の全能力を発揮して生き延びなければならない。しかもそのあとの社会を自分たちの力で築き直していかなければならない。だから身体を使って、はたらくことを怠けてはダメだよ、と釘を刺しておいた。

心配しようがするまいが、不幸は必ず来るのだから、現在の幸せを予測に妨害される必要はない。安心して、虫を捕まえていればいい。ガムシ、タイコウチ、マツモムシなどがたくさん採れた。私の子どもの頃、昭和二十年代に戻ったような日で、こういう幸福な時もあるのだな、と生きている喜びを感じた。

（2023年1月・第87号）

第五章　見方しだいですべては変わる

生物多様性の相似性を「実感」すべき

地域というと、それで一括りになる。でも考えたり、具体的になにかしようと思うと、地域の特性という話になる。それぞれに事情があるからである。

このことは、生物多様性に似ている。生物多様性とはもちろん、生きものにはいろいろな種類があるということである。そういえば、わかったような気がするかもしれない。でもそれを「実感する」人は多くないであろう。

生物多様性という言葉は人造語である。なぜこの言葉が創られたのか。一九八〇年代のアメリカの生物学では、DNAを代表とする実験室での研究が中心だった。でもそれは実際の生物とは離れてしまうことが多い。だから野外で実際に生物を見ている人たちが音頭をとって、生物多様性の旗のもとに結集したのである。

ここにすでに問題の「悩ましさ」が出ている。DNAはいわばすべての生物に共通する要素である。共通だから重要である。でもそこにばかり注目すると、違う生きものがたくさんいるという話がいわば消えてしまう。そのたくさんいる生きものの、それぞれを調べている研究者も、ついでに消されてしまうかもしれない。だから集まって相談をして、生物多様性という言葉を創った。

自然環境を保護するという代わりに、多様性の維持という。地球上にはいろいろな生きものが存在している必要がある。そう主張して社会的に頑張る。それがやっと世界的に認められるようになって、国連でも生物多様性年などというものを決めるようになった。それで万事メデタシかというと、そんなことはない。問題は山積である。だって、それぞれの具体的な生きものをどう保全するか、という話は相変わらず残るからである。それが行き過ぎて、クジラは捕るな、という運動にもなる。

この話をなぜ持ち出したかというと、話が地域に似ているからである。それはおわかりいただけるであろう。地域にもいろいろある。地域の活性化というのは言葉だが、その実態は多様である。実態はそこに住む人がいちばんよく知っている。

たとえて言おう。私はゾウムシを調べている。生きもののほんの一部である。つまりゾウムシ村に住んでいる。ゾウムシ村は昆虫国ではいちばん大きいほうで、日本だけで千六百種の人口がある。ゾウムシ村は昆虫国、甲虫県、ゾウムシ村なのである。ゾウムシ村を徹底的に調べようとするとほかの市町村を調べる暇はない。ただほかの市町村にも似たような問題はあるだろうなあと思う。ほかの市町村の問題を「実感する」ことになる。

普通の人は、ゾウムシ村の存在すら知らないことが多い。問題を抱えていることはわかるけれど、それを「実感しない」。要するに虫じゃないか、と言う。地域がそれぞれであることは「わかっている」。でもそれは実感ではない。毎日の日常に関係しない。俺の生活には無関係だ。腹の底ではそう思っている。

同類の生きものは似た遺伝子構造をもっている。DNAの塩基配列が似ている。これを数値化すれば、生物の違いはきれいに整理されるのではないか。むろんされるであろう。これをやってみると、たとえばヒトとチンパンジーでは九八パーセント同じだという結果になる。ゴリラはもうちょっと違うであろう。どの村も要するに似たようなものさ。

それはいいけれど、それではヒトとチンパンジーの違いがわかったことにはならない。遺伝子が違うんだよ。それはわかっているが、どこがどう違うんだ。それは見ればわかるだろう。そういう話になる。見るのは現物のチンパンジーだから、DNAを見ているわけではない。話がズレている。DNAで見れば二パーセントで、それはつまり数ないし量の差に過ぎない。でもだれでも思うであろう。ヒトとチンパンジーの違いは数値か、と。

いわばこうした「話のズレ」が常に起こることである。地域をまとめて論じる。それはそれでいいが、地域には地域の特性がある。それればかりに注目すると、共通性はどこかにいってしまう。でも共通性ばかりに注目すると、特異性が消える。

私は正解を持っているわけではない。でもこの多様性という問題はいつも頭にある。正解がないだけに、そうなるのである。地域の違いは、実際に地域に暮らしてみて実感する。それは感覚を多く含んでいるから、かならずしも概念化できない。それを議論の俎上に載せようとすると、議論は概念で行われるから実感が消えてしまう。ここのところはいつも頭に置く必要がある。

丸山眞男は日本人を分けて、理論信仰と実感信仰だと言った。これもそのことであろう。実感派は概念を扱う人を腹の底ではバカにする。そんなことを言っても、実際には通用しないよ。理論派は実感派をバカだと決めつける。こうすればいいに決まっているではないか。やらないのは、わかってないからだ。そう言う。

地域の人と具体的に話していて、これを「実感する」ことは多いのである。


（2015年10月・第2号）

世界が広いか狭いかは見方しだい

八月は隠岐、九月は奄美と、島を回った。べつに意図したわけではない。なんとなくそうなってしまった。

隠岐では高校生を相手に話をすることになった。いただいたタイトルは「島に住むということ」である。それを言うなら、日本人はみんな島暮らしではないか。日本という島に住んでいるからである。だからそういう話から始めた。

島暮らしだということの裏は、世界が狭いということであろう。でも広いところに住んでいても、世界が狭い人はいくらでもいる。私は中華思想とはそういうものだと思う。そう書いたことがある。

北京は中国という巨大な田舎の中心である。パリはフランスという「欧州の田舎」の中心である。国土は広大でも、似たような人たちの中で長く住んでいたら、小さな世界に住むのと変わらない部分が出てくるに違いない。人数が多いのだから、自分たちの確信が変わりにくい。物理学でいう慣性が大きいということになるはずである。パリの人は長らく英語を話さない傾向が強かった。ベルギー人なら、初めから英語を話すことが多い。

小さな国であるラオスですら、それが認められる。首都のヴィエンチャンに住んでいるのはほとんどラオス人だが、山に近づけばメオ族が多い。ラオス語が通じない。その向こうに行けば中国になったり、ヴェトナムになったり、はてはビルマつまりミャンマーになったりする。だから国境近辺に住む人は、中心の首都に住む人より「国際的」である。そういう町の市場に行けば、じつにさまざまな人たちを見ることができる。そこでは中華思想に浸っている余裕はない。

そう思えば、島だろうが大陸だろうが、似たようなものであろう。同類が集まって、俺たちは立派なものだと慰め合う。それがヒトというもので、それなら良いも悪いもない。ヒトとはそういうものだというしかない。

ところで島は本当に狭いか。だから私は虫を採る。虫から見ると、世界は広い。その広い世界で、たとえば連れ合いを探すのは大変に違いない。だからチョウのように、やたらに飛び回る。チョウほどには飛べない虫はどうするか。環境条件を限定して、そういう場所に集まることにする。そう約束するわけではないが、集まる場所の条件を限定すれば、そういう場所はおのずから決まってしまう。それはヒトから見れば、じつに細かい条件であるに違いない。温度や日照、風向きや木の種類、などなど。

なんの話か。世界が広いか狭いかは、見方によるということなのである。細部を見ていけば、全体はどんどん大きくなる。狭いところに住めば、詳細が見える。広く見たほうがいいか、狭く見たほうがいいか、そんなことは一概に言えない。等身大とか、ほどほどというのは、そこであろう。虫の集合場所ではないが、問題によって適切なサイズが決まっているはずである。中国やアメリカの政府と、日本やイギリスの政府は、扱う問題がかなり違うと思う。人口のサイズが一桁に近く違ってくるからである。

いまはそれを全部一緒くたにして、「国」だという。それでいいのか、年来疑問に思っている。国ではあるけれど、ブータンなら日本の県くらいの人口である。島で扱う問題が日本全体の問題であることもあるし、島ならではの問題である、ということもある。ときどきは意識して、問題の仕分けをしたほうがいいんじゃないだろうか。

（2015年11月・第3号）

違いがわかる

地域といえば、私の頭の中では、まず自然の区分である。たとえば東北、関東、中部、近畿、中国というふうに本州を分ける。道州制なら、こういう分け方が普通であろう。ではこれは人為的な区分か。

この区分は、じつは千五百万年から二千万年前の島の区分でもある。当時は本州がバラバラの島状態にあった。道州制のような区分の根本には、こうした地史的な自然の違いが反映されているのである。

当時は四国と九州が一つの陸塊をなしており、瀬戸内海のありようは現在とまったく違っていた。昔の人はそんなことを知らなかったはずだが、人の生活のあり方もなんとなく地史の影響で決まったのであろう。

歴史的な「国」別で見ても、それが表れていることがある。静岡県が典型だと思う。古くは遠江、駿河、伊豆の三国に分かれていた。遠州と駿河の境界は糸魚川―静岡構造線と見なすことができる。八十万年前までは、伊豆は大島と同じような独立の島だった。自然の境界からすれば、現在の静岡県よりも、古い国別のほうが自然状態をよく反映しているのである。

こうした違いは歴史が古くなるほどはっきりする面もある。たとえば縄文式土器の型式による違いは、こうした地史的な違いをよく反映している。土器の型式で日本地図を色分けする。それがオサムシの種の分布の色分け地図に似るのである。

今年は山梨県南部で、富士川沿いにゾウムシを捕まえて調べていた。ここは糸魚川―静岡構造線が通っているので、その東西で種類が違ってくるのかどうか、それを調査したのである。まだ終わっていないので、来年も継続するつもりである。東西で違っていることは間違いないと思っているが、さらなる詳細を知りたい。そのために構造線の東西をいわばジグザグに虫を採って歩かなければならない。

こうした自然の地域性は地元の人もよく知らないことが多い。とくに戦後のいわゆる経済発展は、たとえば新幹線に見るように地域横断的なものだった。さらにメディアの発達が日本全体を強く均質化してしまった面がある。そのためにローカルな違いはむしろ「価値がない」と見なされてしまう傾向があったと思う。

ローカルなものの基礎には自然がある。そのことを地域の人は強く意識する必要があろう。私は鎌倉に生まれて、いまでも住んでいる。鎌倉という狭い地域でも、たとえば微小な気候は違う。虫のような小さな生きものは、それをよく知っているはずである。

明治の開化から戦後の経済発展の間に、そうした違いを「無視する」傾向が強くなった。それは人々の感性を統一することにもなった。「違いがわからない」人が増えたのである。

「違いのわかる男」というコマーシャルが、インスタント・コーヒーのコマーシャルであることを、よく考えてみていただきたいのである。

（2016年1月・第5号）

多様性の維持　人口の地域格差

二〇一七年（平成二十九）は珍しく外国に虫採りに行かなかった。その代わり、暮れからお正月にかけて船旅をして、カナリア諸島を回った。あとは六月にサンマリノに行き、そのついでにローマ、フィレンツェ、ヴェニスに行った。感じたことはといえば、観光客が多いことである。

カナリア諸島では、田舎に若者が住み着かないという。かなり徹底していて、年寄りだけの村がある。しかし観光客は来るから、それで保つのであろう。ヴェニスやフィレンツェは京都や鎌倉とよく似ている。観光名所は人で埋まっている。

この傾向は当分続くのではないかと思う。経済的な格差が言われるけれども、人の数の格差もすごくなった。十一月に北海道の小樽に行ったが、年間二千人ほどの人口減少だと聞いた。同月に稚内よりやや南の中頓別に行った。人口は千七百人。以前に幌加内で聞いたが、現在の人口は戦前の約十分の一だという。地方の街は昼間に人が歩いていない。

人が都市に集まる傾向は世界的である。若者だけが都市に集まるわけではない。年寄りにも都市は暮らしやすい面があって、東京の現在の人口増は高齢者の転入だという。

こうした傾向は自然だから、強いて止めることはできない。それで以前から移動の提案をしているのである。田舎から都市へ、都市から田舎へ。観光客の増加がその方向に行くといいなあと思う。

近年ブラジルでは、昆虫の海外持ち出しが禁止されている。アマゾン地域の昆虫は世界的に人気が高い。そのためか、逆にフランス領ギアナが採集の自由を打ち出した。私の周囲でも、フランス領ギアナに行こうという人が多くなった。私も行きたくなったが、南米には行くまいと、子どもの時から決めている。大好きな虫が多いので、行ってしまうと、帰ってこない可能性が高いと思っていたからである。その代わりコスタリカには二度行った。いろいろルールはあるが、ここも基本的には虫採りは歓迎なのである。

こういう面での国際間競争はいいことだと思う。国全体で縛りをかけることは、官僚にとっては楽だし、政治家は人気がとれるかもしれない。しかし実際には地域はさまざま、人もさまざまでいいはずである。それを多様性という。

コンピュータ的システムが優越する社会の裏は、多様性の喪失である。それは一種の北朝鮮状態を意味する。北朝鮮はいわゆる政治にそれが出ているが、昆虫採集で見ると、北朝鮮状態になっている国も多い。日本はその意味では、まだまだ自由な国である。昆虫採集に関心を持つアマチュアが多いからである。

自由と規律の関係は、人間社会ではどこまでも続く。それで仕方がないのであろう。

（２０１８年2月・第30号）

いろいろあっていい

対になっている言葉は多い。その場合、有無や生死、ローカルとグローバルのように、意味が反対だと理解されることが多い。

それはもちろん違う。有無は反対ではない。「金がある」と「金がない」はべつに反対ではない。金持ちと貧乏人は反対の存在ではない。両方あって世間が成立しているんだから、両者は補完的である。生死も同じ。生きていれば、死んでいない。しかし死ぬためには、生きていなければならない。それなら生死は補完的である。ローカルとグローバルも同じ。両者が相伴って、世界を形成している。

コンピュータはどうか。ゼロか、一か、である。でもこの二つがあって、アルゴリズムが成立する。ゼロだけのコンピュータ、一だけのコンピュータはない。でも言葉を使う時に、人はしばしばどちらかを是とし、他方を非とする。両面を取り上げると、面倒くさいと言う。はっきりしろと言う。楽をしたがるのである。

問題はどこか。ゼロと一の間と言ってもいいし、ゼロにするか、一にするかの問題と言ってもいい。ハムレットの立ち位置である。人はそこで悩む。コンピュータが悩まないのは、そこを素通りしてしまうからである。ゼロか一か、それを決めなければ、先に進まない。でも片方に決めると、まさに「問題が起こる」。

イタリアにスターバックスが出店するという。二〇一七年のはずだったが、一八年に延期になったと報道されている。場所はミラノ、ドゥオモの近く、目抜きである。イタリアにはコーヒーの文化があって、そもそもスターバックスの創始者は、そのイタリア文化の影響でコーヒー店を始めたらしい。

ここでもみごとにローカルとグローバルが錯綜している。イタリアにスターバックスがあろうがなかろうが、どうでもいい。でも日本でいうなら、私は個人経営の喫茶店を探して入る。なぜならスターバックスは一律に禁煙だからである。

むろんそれだけではない。雰囲気というものがあって、チェーン店ではそれが統一されてしまう。私はそれが好きではない。その代わり、どの店に行っても、客は同じように扱われるから、同じようにふるまうことができる。これは楽。しかも世界中どこであろうと値段は同じ。マレーシアの山中のキャメロン・ハイランドでも、ニューヨークでも、バンコクでも、東京でも同じ。もちろん品質も同じ。

つまりスターバックスは機能的、合理的、効率的である。ある目的があって仕事をする時には、それでいい。しかしコーヒーは嗜好品である。客としての私は機能的、合理的、効率的にコーヒーを飲みたいわけではない。仕事の合間に飲む時は、まさにその逆の気分である。漠然と、つまりアナログに飲みたいのである。

その私でも、新幹線に乗る時は、スターバックスのコーヒーを買う。新幹線の中でも買うことがあるが、一種類しかない。その点ではスターバックスのほうがマシ。要するにいろいろあっていい。

いろいろあるのは面倒くさい。その面倒くささを上手に処理するのが、成熟であり、文化であろう。「どっちかに決めてください」。そういう人は文化と成熟を放棄し、代わりに経済性を手に入れるのだろうと思う。

（2018年3月・第31号）

人それぞれ

世間並み、人並みという表現がある。日本の世間では、こうした暗黙の標準が生きている。これは暗黙だから、べつに明確な基準として定められてはいない。

五体満足というのもある。これは身体の基準で、この基準がどのくらい強いか、たぶんお気づきではないだろうと思う。たとえば重症サリドマイド児について言えば、こうした症例が発生した時点での生存率は、日本は欧米より五〇パーセント低かったはずである。

私はそれを告発する気はない。らい予防法も同じ基準に基づくと思う。要するに顔貌、身体の変化が目立つ病は世間から排除される。人前に出る、人前に出せない。そういう表現もある。

ふつうではない身体に対する許容度は、まず第一に、慣れで変化する。やがて慣れてしまうのである。ただし、やや時間がかかる。私自身の場合だと、いわゆる奇形、先天異常児にほぼ完全に慣れてしまうまで、十年ほどかかっている。慣れるというのは、異常が異常ではなくなって、そのままの人に見えることである。医学部の標本室には多くの標本がある。それに慣れるのに十年ほどかかった。具体的にはそういうことでもある。むろんこの感覚には個人差もあるはずで、私は慣れが遅い方かもしれないと思う。でも、ともあれ慣れてしまった。

美人という概念がある。これは世界の地域的にも異なるし、時代でも違ってくる。おそらくヒトは仲間の身体について、頭の中で、いつの間にか統計的な標準を作っているのであろう。その基準によく合うのが美人である。つまり美人とは統計的に標準の顔なのである。このことは、大勢の人の顔を重ね合わせて作る画像からわかる。そういう画像は、もちろんボケてはいるが、美男美女なのである。

常識的には、これは変な結論である。なぜなら統計的に標準なら、美人の数は多いはずだからである。ではなぜ美人は少ないのか。

それは見る側の感覚の問題に違いない。統計的な標準に近くなるほど、美人か否かの採点が厳しくなる。そう言ってもいい。標準からのわずかのズレが、大きな減点になる。その標準とは、その人がいままで見てきた顔の平均値になっている。

現代人が忘れがちなのは、「見ている側」のことである。とくに科学は対象を「客観的に」見ようとする。でもそれはあくまでも「見る側」の態度に過ぎない。客観的事実が存在するか否か、それはわからない。カントではないが、存在しているのは統計値であって、対象自体ではない。

現代人は客観と称して、すべてを統計値に変えている。だからこそビッグ・データなのである。ビッグ・データは言ってみれば「コンピュータの主観」に過ぎない。ある病気の死亡率を計算することはできる。でも自分がその病気にかかったとしたら、死ぬか生きるか、つねに五分五分である。

障がいとは、つねに見ている側の問題である。本人は基本的にはそういう存在なのだから、どうもこうもない。「そういうもの」なのである。現代人が障がいに関して問題を感じるのは、それが現代人の「客観性という主観」に関わるからであろう。まずは脚下照顧というべきか。

（2019年4月・第44号）

確率に生きる

人工知能の発達は著しい。ホワイト・カラーの多くが、いずれ自分が失職するのではないかと心配しているという。碁、将棋のようなゲームでは、そろそろ人が機械に勝てなくなってきた。

私は年寄りだから、そういうことには関心がない。碁、将棋もそうだが、なぜコンピュータと競争しなきゃならないのか、それがわからない。ロボットと百メートル競走をしたって意味がない。たかが自転車だって、ただ走るよりは速いに決まっている。それなら、なぜ碁、将棋でコンピュータと勝負しなきゃならないのか。

そもそも競争の意味がわからない。オリンピックはもう見ない。身体を動かすことは大切だが、他人が身体を動かすのを見ていても、自分の運動にはならない。私は運動不足の食べ過ぎで糖尿だが、オリンピックを見ても糖尿は治らない。駅まで歩いて、食事を減らすと、血糖値は正常に戻る。それならまさに生活習慣病で、そもそも生活習慣なら、どうして病気というのか、それもわからない。

だって放置すれば、病気になるだろうが。私はおそらく四十代から糖尿が出ている。でも八十歳近い今でも、とりあえず健康というしかない。なぜなら病院に行かないし、検査を受けないからである。もはや三十年以上、なにも糖尿の治療はしていない。

それでも寿命は縮んだだろうが。そんなことはわからない。来週からブータンに行く。ブータンのパロ空港は世界でいちばん危険な空港といわれている。さらに道路はつねに崖っぷちで、ときどき車が転落する。転落しても、探してもらえない。

おわかりであろう。問題は気のもちようである。いくら健康に注意しても、生きている限り他の危険がある。すべては確率だから、賭けるしかない。生きているとは、ある意味では賭けである。確率の高い方に賭け続ければ、勝つ確率が高くなるはずである。でもその「はず」は外れることもある。

それと地域とどう関係があるのか。地域に住めない大きな理由の一つは、医療だとわかっている。病院が遠いという。それを考えて、交通を整備することが必要である。しかしまずなにより、生きるとはどういうことか、それを考えるべきであろう。そのあたりをきちんと考えない限り、現代社会の問題はもはや解決しない。

解決する必要なんかない。そういう意見もあるかもしれない。年寄りとしては、そう言いたいときもある。

しかしともあれ、それぞれの人があらためて生きることの意味、人生を考えなければならない時代が来たと思う。コンピュータの発達は、ヒトの仕事を奪うはずである。『人間さまお断り』（ジェリー・カプラン著、三省堂）という本が出ている。これでも読んでみられたらいかがか。

確率で生きようとするなら、コンピュータに負ける。勝負をする必要はないが、道具であるはずのコンピュータと競争するのは、もうやめていいころであろう。その意味で、都会離れ、地方で生きる、それが真の人の生き方だ。やがてそういう結論が出るに違いない。私はそう思っている。

（2016年11月・第15号）

することないか？

ヒトの作業には二つあると私は思っている。一つは対人で、もう一つは対物である。ほとんどの人が、とくに都市生活では、対人に時間を費やしていると思う。お金になるのは、もちろん対人の仕事である。

対物とはつまり一次産業や職人の手仕事だが、これはお金を稼ぐには非能率である。だからあまり人気がない。江戸時代ですら、傘張り浪人といわれたくらいである。

ものごとには表裏があって、対人はお金になる代わりにストレスが多い。対物は万事こちらの気分次第で、その種のストレスがほとんどない。私は若い時から気を遣う性質なので、対人の仕事は苦手である。虫採りがいちばん気に入っているのは、そのせいもある。

虫を調べるのに欠かせないのは、自然に関する知識である。最近とくに気に入っているのは、Picture This というスマホのアプリである。植物を見つけてその写真を撮ると、名前を教えてくれる。虫が何の花に集まっているか、どういう草の葉を齧《かじ》っているか、一発で教えてもらえる。これまでは植物に詳しい友人を連れて歩くしかなかったのが、全部自前でできる。虫についてはさすがに種類が多すぎるので、こういうアプリはまだない。

もちろん同定に間違いもあるだろうが、私自身よりよほどマシである。ためしに縁側で寝ているネコを撮ってみたら、「植物がありません」という返答が返ってきた。自宅の庭や近所を散歩するときに、このアプリは欠かせない。孔子は詩を読めと諭している。そうすれば身近にある植物の名を覚えるというのである。そんなものを覚えてどうなると思った人は、縁なき衆生《しゅじょう》である。

コロナのおかげで地方への移住に人気が高まっていると聞く。都会を離れて田舎に行くなら、せめて植物くらいに関心を持った方がいいと思う。ＡＩの未来があれこれ言われるが、こうした便利なアプリを手に入れると、ＡＩもいいものではないかと思う。リモート・ワークだけがＡＩのメリットではない。

（２０２０年12月・第64号）

政治の原理原則

政治には以前からまったく関心がない。この齢になると、それがいいことではないと思うようになるが、今さらどうしようもない。家内がときどき政治家の話をするが、ほとんど聞いていない。

選挙は嫌いで、大学に勤務していたころの教授選の経験しかない。それについては良い思い出はない。当然ながら、選挙制度はある枠の中で進行するものである。問題がその枠自体に関わる時は、枠の中では解決しない。その枠内で最善の結論を出せばいいというところまで、自分が妥協できればいいが、若いうちはそれができなかった。

枠自体が壊れてしまったという体験は、まず小学校二年生の時の終戦である。次は大学紛争だった。この時期は一年間にわたって、研究も教育も止まってしまった。私は助手だったから、要するに立場はフロクである。そのフロクたちが集まって議論をした。その議論が何を生んだかというと、たぶんゼロだった。私にしてみれば、ただ相手の論法をよく理解しただけである。このときにただ議論だけしていたことが、のちに自分が文章を書くようになる訓練になっていたのかもしれない。

政治の問題はしばしば言葉が先行することである。小学校二年生以来、私は一面で言葉を信じなくなった。私が関心を持つのは、言葉とそれが示しているはずの「実態」との関係である。そういうことを気にし始めると、政治は考えられなくなる。トランプ現象を見ていると、大学紛争によく似ているなあと感じる。その渦中に入って、あれこれ考えるのはもうたくさんだという気がする。

地方自治については、香港問題が典型であろう。北京政府にしてみれば、香港の自治が気に入らない。私は放っておけばいいじゃないかと単純に思う。その結果本土に何か問題が起これば、それ自体を解決すればいい。何が起こるか、起こってみなければわからない。政治はおそらくそれを嫌う。無責任だというであろう。議論上だと、ここで登場するのが原理原則である。原理原則は頭でわかりやすいのが問題で、それを持ち出されると、具体的な上手な解決策が封じられてしまう。大学紛争中の議論が典型だった。全共闘が赤軍派の事件で終わったのは象徴的である。反対派を排除するしかなくなったのである。戦時中なら「お国のため」である。そんなの無理だよなあという日常感覚が原則に押し切られてしまう。

私は原理原則が登場したときは黙ることにしている。黙って横を向く。それができなくなるような状況には遭いたくないし、その意味では社会には常に「逃げ場」が必要だと思う。

（２０２１年3月・第67号）

世界中どこでも地酒がおいしいわけ

地酒はうまい。外国に行くと、とくにそう思う。その土地で飲まれている酒を飲めばいいのである。

チェコに行ったときに、なんとかいう食前酒を飲んだ。名前も忘れてしまったが、おいしかった。アメリカには滅多に行かないが、たまたまワシントンに行く機会があって、レストランでバーボンを頼んだ。飲んでびっくりした。おいしかったからである。若い頃、オーストラリアに留学していたときに、よくバーボンを飲んだ。周りが勧めるから、飲むわけだが、べつになんとも思わなかった。なぜワシントンでバーボンがおいしいのかと思って考えたら、地酒じゃないか、ということに思い到った。

酒に限らない。飲み物一般にそうかもしれない。日本の喫茶店では、夏はアイスコーヒーを飲む。そういう習慣だった。夏のパリで、なにか飲もうと思って、考える。まずアイスコーヒーを、と思うのだが、飲みたくない。あんなまずいもの、という気がする。いつも飲んでいたのに、考えただけでまずい。おかしなことだと、自分でも思う。口にも入っていないのに、なぜまずいのか。

それではと考えると、なんとコーラが飲みたい。しょうがないから、コーラを飲んだ。パリでコーラはないだろう。そう思うのだが、飲みたいんだから、仕方がない。以来、夏の欧州ではコーラを飲む癖がついた。

名物にうまいものなし、という。あれはおそらく名物を買って帰って、家で食べるとおいしくないのである。思ったほどにはおいしくない。それもあるだろうと思う。つまり心理的な影響である。期待を裏切るからである。でもそれだけではないと思う。やっぱり地元のものはおいしいのである。

それを決めるのはなにか。無意識を含めた、自分の身体であろう。ある土地に行くと、身体はその土地に適応する。微妙に状態が変化する可能性がある。その状態では、食べ物や飲み物の嗜好が、それに伴って変わるのであろう。これはかなり繊細な感覚だから、明確な変化があるわけではない。なかなか気づかないのである。

病気にもそれがある。以前、喘息の治療には転地が勧められた。場所を変えると、喘息の発作が起こりにくくなる。いまの理屈で言えば、抗原がないんだということになるかもしれない。スギ花粉症なら、杉がなければいいのである。でもそうではなくて、身体が微妙に変化するのであろう。だから、いままでのような、通常の反応をしないのである。

自分は自分だと思う文化では、こういう変化は見過ごされやすい。自分が自分であるなら、それは「同じ自分」である。同じ自分なら、好みも同じだろうという結論になる。でも実際には自分は絶えず変化する。とくに土地を変えると、つまり自然環境が変化すると身体はそれに適応して変わる。

思えば、これは当たり前のことではないか。だから移動すると疲れる。私は年中、講演旅行をする。移動すると、疲れるでしょう、と訊かれる。もう慣れてしまっているから、とくに疲れたとは思わない。でも自宅の前の坂を上って気づく。今日は上るのが大変だわ。

やっぱり疲れているのである。

（2019年3月・第43号）

第六章　徒然《つれづれ》なるままに社会について考えた

人間の処理能力を超える時代

なにかを考えるときには、通常二つの面を意識しなければならない。一面はもちろん外部の状況である。もう一つは、状況を判断し行動する側、つまり自分である。

自然科学は後者、つまり自分を外してしまう。「世界を客観的に見る」のがタテマエだからである。ノーベル賞があって、優れた科学者が表彰されるから、やっている本人も考慮の対象なんじゃないの。それは社会的評価で、研究自体とは無関係である。物理法則が発見されてしまえば、それは発見者とは無関係に成立している。

逆に宗教になると、本人が中心になってくる。信仰はもともと本人に限ることだからである。仏教でいうなら、本人が成仏すればいい。

ブータンは幸福度が高いという。日本でいうと福井県がそうであるらしい。ただしブータンの場合は国民に直接尋ねたわけだが、福井の場合は、さまざまな社会・生活状況の統計が根拠である。ここにはまさに前記の二面が見えている。周囲の人が「お前はいい暮らしをしているなあ」と羨んだところで、本人がどう思っているか、それは別問題と言うしかない。

現在と過去を比較するときも、似た問題が起こる。昭和回帰が言われるが、懐かしいのはいいとして、ではあの時代が良かったかというと、よくわからない。良かったと勝手に決めつけることは可能だが、あの時代の気分に戻れと言われても、今さら戻りようがない。あの頃は良かった、あの頃は悪かった、どちらを主張するにしても、論理的には同等である。

そうなると客観評価の出番になる。それを信用するのが現代だが、もう一面の方から言えば、そんなものはクソくらえである。それが右の幸福度の話になるわけで、むしろ世界が客観評価の方に向きすぎたので、主観的な幸福度が強く意識されるようになった可能性がある。物質的に豊かになることは、幸福度と直接には関係しない。それはもはや世界の常識かもしれない。

むろんそれは、貧乏になった方がいいということではない。万事にテキトーな釣り合いがあるだろう、ということである。でもそれは年代によっても違う可能性が高い。若者が追求するものと、老人が必要とするものはずいぶん違う。地域を考える時に、具体的にどれだけの要素を考慮に入れる必要があるのだろうか。

そう思うと、今度はヒトの能力自体が問題となる。われわれが扱うことができるのは、どこまでの複雑さの問題なのか。具体的に言うなら、原発はその好例であろう。原発全部を取り払ってしまえば、その問題は解決する。でも日本が取り払っても、隣の国がどんどん作ったらどうする。じつはこの種の問題は増える一方である。どうやらわれわれの社会は、ヒトの処理能力の限度に近づいているらしい。コンピュータをヒトに置き換える。その種の議論が生じるのも、ヒトの処理能力が限界に来たからではないかと私は思っている。

これにはさらに先がある。コンピュータではなく、ヒトの能力を高めたらどうか、という議論である。超人主義というべきか。遺伝子操作が進んで、一部であれ、それが実行される段階が近づいていると言う。

この種のことを考えていると、私自身の処理能力を超えていることがよくわかる。そういう時代になったと言うしかないのであろう。

（2018年1月・第29号）

地域で起業するということ

起業について考えたことはない。国立大学に勤務して二十七年、そこを辞めて一年浪人して、別な大学に再度就職した。再就職した理由は単純で、勤務先がないと、不便だと気が付いたからである。

たとえば同窓会がカードを作ると言ってきた。財政的に同窓会の助けになるのだという。それなら加入しようと思い、書類を取り寄せたら、まず「勤務先」という欄がある。これを書かないと、いろいろ面倒なことになりそうである。結局、思いに反して、同窓会のカードは作れなかった。以下同様で、何かしようとすると、また勤務先を聞かれるに違いない。たまたま古くからの知り合いが再就職の打診に来たので、これ幸いと就職させてもらった。

一年間の浪人の間に、何か仕事を立ち上げようと思ったことはない。つまり起業しようとは思わなかった。勤務を辞めても、講演と著作で、なんとか収入は得られたので、その後も勤務しないでいたら、もっと仕事ができたかもしれない。こう書いてみると、仕事とはなにか、という疑問が生じる。

勤めを辞めるときは、むろん女房に相談した。別にかまわないという返事だったから、安心して辞められた。ほかに相談した人はいない。辞めてすぐにコロナ禍が来ていたらどうだったかと思うが、退職金もあったから、なんとか糊口をしのぐことはできただろうと思う。

一般に言う起業とは、なにかしようと思うことがあって、するものであろう。私がしようと思ったのは虫採りだから、その仕事からの収入はない。完全な持ち出しである。これも起業だろうか。それでもフリーになってすぐに、「世界・わが心の旅」という企画で、ブータンに行かないかというお誘いをNHKから受けた。これはうれしかった。半月以上かかる仕事だったから勤務があってはできない。辞めてよかったと思えた。

本当は大学の研究職でも、こうした仕事はできていいはずである。しかし「常識として」できない。専門外の遊びだと言われてしまう。このあたりはなかなか面倒な議論になる。私の恩師の恩師、小川鼎三先生は定年間近の時期に日本雪男学術探検隊を組織され、ヒマラヤに行かれた。解剖学者が雪男を探しに行くというようなことは、大学紛争以前には可能だったらしい。その後、世の中がだんだんやかましくなって、その種の自由は私の時代にはほぼ完全に消えていた。国立大学は「国民の税金を使っている」のだから、遊びに見えるようなことをするなど、とんでもないとみなされてしまう。

近年MMT（現代貨幣理論）が入ってきて、それに従えば、税金から費用が出ているのはいわば形式であって、実質ではない、と理解できた。政府のお金の使い方は、まさに具体的な政策の実行そのものなのである。誰かが使った分だけ、誰かが損をするというものではない。そのあたりをよく理解していなかったので、私自身は公のお金をできるだけ節約した。いま思えば、バカなやり方、考え方だったと思う。

とはいえ政治や経済のような社会の問題は相変わらずよく理解できない。常に身近なところから発想する癖がついているからである。脳から考えるのも、身体から、つまりは個人からの発想である。八十歳を超えているので、もはやこのまま生きていくしかないであろう。起業は元来個人のことだと思うが、うまくいくかどうかは、社会情勢と関係している。私自身は著書が売れたので助かったが、これは運と言うしかない。考えたって、理由はわからない。まして「売れる」という予測がついたはずがない。

（２０２１年7月・第71号）

私にとって「聖地」とはどこか

祈りと聖地というと、たちまちイスラム教徒が浮かんでくる。私の場合の決まりきった反応なので、頭が固くなった証拠ではないかと思う。時間が来ると、廊下の床の上だろうが、地面だろうが、座り込んで、お祈りが始まる。メッカという聖地の方角に向けて祈るらしいが、そういう習慣のない私には、ビックリするような行動である。

歳をとると、自分がつくづく日本人だなあと思う。別に日本人はかくあるべきだとか、こうだとか教えられた覚えはない。でもなぜか「日本人なら」とか「日本人は」と思ってしまう。

その私という日本人の中には聖地はないし、祈りもあまりない。戦時中なら皇居に向かって最敬礼だったが、皇居は別に聖地ではなかったと思う。ただし聖地はあると言えばある。東京なら高尾山で、関西なら春日山である。たまたまいろんな虫が採れる場所というだけのことだが、同時に神社がある。虫採りでは、あまり祈らない。お祈りは長年関係したカトリック系の保育園で、お昼ご飯を食べる前後だけである。子どもたちと一緒に「ありがとうございます」と感謝のお祈りをする。

虫の多様性の高い所に神社があるのは、必然性があるような気がしてならない。昔の人々は現代人より生物多様性に敏感だったはずである。生物多様性が高いということは、食料を集める効率がいい場所だということである。それを知ることは、生きるために必要な能力だったに違いない。

私には祈りの習慣がない。子どものころに絵本で読んだ山中鹿之介の三日月に祈るという場面が記憶に焼き付いている。祈りの内容は「我に七難八苦を与え給え」というものだったから、子ども心にお祈りなんかしたくない、ということになったのではないかと思う。人生長く生きてくれば、七難八苦は勝手にやってくる。わざわざお祈りするまでもない。七難八苦を耐えきれれば、その分偉くなれるということであろうが、いまさら七難八苦に耐えて偉くなっても仕方がない。お祈りでいまなにか願うとしたら、せいぜい安楽死であろうか。

祈りとはなにかを以前に考えたことはある。その時には適当な答えが出たような気がしたが、その答えはとうに忘れてしまった。昔から人は祈るもので、祈るという「形」と祈る内容は関係がない。虫で祈る形をとるのは、カマキリである。カマキリは胸の前で手を合わせる。英語では「prayingmantis」と呼ぶ。ヘヴィメタルのグループ名のほうが有名かもしれない。学名では「mantis」だけでカマキリのことだから、「praying」は余分だが、祈る手で他の虫を捕まえて食べるという不穏当さが、印象的だったのであろう。
祈願は今でも普通に使うと思う。戦時中は戦勝祈願という言葉を多く聞いた気がする。日本で一番に普通の祈りは祈願ではないだろうか。自分の願いをかなえてもらう、という神頼みである。礼拝は儀式ないし儀礼的な感じが強く、祈りとはあまり関係がないように思われる。ことほど左様に、祈らない人間があれこれ考えても、大したことは思いつかない。

（2021年12月・第76号）

自分と同じくらいの年齢の建物が好き

好きではないのは、新築の近代的なホテルに泊まることである。そう思うようになったのは、還暦を過ぎてからで、そもそもピカピカの新しい調度に囲まれて、薄汚い老人がいるというのは、なんとも不調和である。そうかと言って、ホテルが古ければいいというものではない。じゃあ、どのくらいの古さがちょうどいいのか。そう思ったときに、ほぼ自分と同じ年齢の建物が好きだと気が付いた。

その理由の一つは、ホテルではないが、私が長年勤務した東京大学の医学部本館という建物である。これは一九三七年（昭和十二）に竣工しており、まさに私と同年齢だった。関東大震災が強く意識された時代で、部分的には無駄と思われるほど頑丈に造られていた。思えば私はこの建物が好きだったので、それは建物の形だけではなく、窓や床を含めた一般的な雰囲気が気に入っていたらしい。同年代の建物にはいわゆるなじみがある、ということであろう。

住宅でも新築のマンションなどは到底住む気がしない。なじむまでに時間がかかるに決まっている。八十歳を超えた現在、新しい環境になじむのは、もはや無理というべきであろう。都内に新しいビルがどんどん建つのを見ていると、やれやれと思う。なじめない世界が出現し、広がりつつある、という思いがある。

現代のオフィスビルは入りたくない、トイレに行くのも、カードが要るような生活には慣れそうもない。

つい先日、宝塚に行った。生まれて初めて宝塚歌劇というものを見ているうちに、思わず涙が出そうになった。歌劇に感激したわけではない。ああいうものを、関西という土地柄になじませようとした先人の努力を思ったのである。思えば、明治維新から戦後まで、日本人は大変な努力を重ねて、世界に列しようとしてきた。そういうことが果たして可能なのか、大阪出身の司馬遼太郎は『坂の上の雲』として明治人のその努力を肯定的に描いた。宝塚育ちの手塚治虫はディズニーの影響を受けながら、日本マンガの神様になった。

数百年から千年の桁にわたって築き上げてきた風俗習慣を、頭で変えようとしてきたのが近代日本である。それがなんだかなじめないと思うのは、私だけであろうか。私自身もつまりはその問題に振り回されてきて、間もなく一生を終えるという気がしている。そうした「欧化」というストレスの中で、感じたことを書いた私の『バカの壁』が二〇二一年（令和三）十二月には四百五十万部を超えた。「なぜ売れたんですか」と訊かれることがよくある。その答えはこれではないかと思う。日本人なら誰でもこの欧化問題に突き当たって、真摯に対応し、その結果さまざまな苦労をしたはずである。そのストレスから生まれた私の本が一般の読者の共感を生んだのではないだろうか。

話は宿の古さに留まらない。おそらく生活の全体にわたって、日本人として考えなければならないことは山積している。過去を失ったこの社会は、同時に未来を失い、少子化、若者や女性の自殺増という本質的な問題を抱えたまま、新しい時代に入ろうとしている。私自身の寿命はほぼ残っていないが、気になることは多い。

解答はどこにあるのか。私はNPO法人「なんとかなる」の特別顧問である。これまでも世間は「なんとかなって」きたし、これからも「なんとかなる」であろう。そう書いて、無責任に稿を終えるしかない。

（2022年2月・第78号）

あてもなくウロウロする旅が理想

これというあてもなく、ただブラブラ歩く。これは散歩で、旅行ではない。旅行は目的か意図が一応あって、計画的なものだという気がする。家を歩いて出て、まもなく家に帰ってくるなら散歩だが、車で出たらどうなんだろうか。散策という言葉もあるが、これはそのあたりを少し細かく見て歩くという感じがあって、「策」という意識的な感じがするのが、やや気に入らない。むろんそれは私の勝手な感覚である。旅もこれというあてもなくウロウロするのが理想的だと思ってしまう。

そもそもヒトの自然な状態とはどういうものだろうか。椅子に座っているなら、居住まいを正すという感じが関わってくる。地面にゴロンが自然な気がするが、雨上がりで地面が濡れていたりすると、具合が悪い。椅子に座ることがかならずしも自然ではないということは、腰痛に関する本を読んで教えられた。老齢になると、文明人の八割が腰痛になるそうで、その原因は椅子にある、と著者は言う。本の題名は忘れた。

電車やバスで、ヒトはどうして座りたがるのか。私は学生時代に鎌倉から東京まで、通学に満員電車を利用していたから、座ることができなかった。中年には勤務先の近くに部屋を借りたから、満員電車と縁が切れたが、どうもなにか物足りないので、新幹線で出張する時には、東京から名古屋あたりまで、立つことにしていた時期があった。親切な車掌さんが、「お客さん、あっちの席が空いていますよ」などと教えてくれたが、ありがとうと言って座らなかった。

今でも講演の時には、演壇に立ってウロウロ歩く。聴衆には目障りかもしれないが、椅子に座ってしゃべるということができない。直立して動かないというのは、疲れる。多少でも歩くほうが楽である。立って、ウロウロ歩く。これがヒトの正常のあり方ではないか。椅子に座ってじっとしている。これが正しいあり方だというのは、学校でつけられた癖であろう。

それが自然ではないから、子どもによっては教室をウロウロ歩いたりする。今ではこれを注意欠如・多動性障害（ADHD）などと呼んで、薬を飲ませたりする。私が小学校に入れば、そうなるに違いない。

私が住む鎌倉は、連日大賑わいである。以前から観光客は多かったが、このところ特に多い気がする。NHKの大河ドラマ『鎌倉殿の13人』のおかげだという。タクシーの運転手さんも、ふだんなら行かないところに行かねばならず、好きな人物を訊かれたりするので、テレビも見なきゃならないことになったとボヤく。

旅はこれというあてもなくウロウロするものだから、コンテンツはなんでもいいのである。私は虫採りに行くので、コンテンツなんて現地に着いてからの話である。なにか特別な目当ての虫でもあれば別だが、私の場合、そんなものはない。なにがいるかわからないから採集旅行が面白いので、特定の虫が欲しいなら、現地の人に頼んで採ってきてもらえば済む。旅費と時間が節約できる。

最近はアニメや映画に出てきた場所に行く、コンテンツツーリズムが流行らしい。これは虫採りの対極であろう。ここは誰かがあの虫を採った場所だ、という場所に行くとしたら、その場所で採れたその虫の標本が必要だから行くので、きわめて限定された目的がある。これをやると、私の場合にはまず失敗する。目的の虫が採れないのである。数年前に屋久島でそれをやった。ひと月に三十五日雨が降ると言われるあの島で、五日間快晴だったのに、空振り。翌年プロが出かけて、ちゃんと採ってきた。クソッ！

人生はよく旅に例えられる。人生に特定の目的などない。仮にあったとしても、どうせ思うようにはいかない。あそこに行ってみようという程度のコンテンツツーリズム型の人生でいいのではないだろうか。

（2023年3月・第88号）

姉に連れられて観た懐かしい映画

映画とは何か。そう思うと、不思議な感じがする。子どものころは、映画しか娯楽がなかったから、よく映画館に行った。最近はメディアでいろいろ観るものがあって、何が映画で何が映画ではないのか、がわからなくなってきた。これは間違いなく映画だ、というものを観る機会が減った。Netflixや Huluをよく観るので、映画を観ていると言えば、観ている。記録映画は推薦を頼まれたりするので、おもに家で観る。テレビがほとんどパソコンの一部と化したので、比較的に大きな画面で観ることができるようになった。うちのパソコンは全部画面が小さいのである。映画館には行かない。コロナのせいだけではなく、歳のせいで外出が面倒になったからである。

八十代の半ばを超えると、死んだところで誰も不思議に思わないであろう。次第に生きているのが変だという年齢に近づいてきた。寝転がって、映画でも観ているのが楽でいいが、目が疲れる。夜遅くまで映画を観て、翌朝目覚めると、なんだか疲れを感じる。お疲れですか、と訊かれることも多い。そりゃ生きていれば、疲れますよ、と答えることにしている。

子どものころに観た映画が懐かしい。姉に連れられて、終戦後はよく映画館に行った。フランス映画ばかりで、『自由を我等に』（ルネ・クレール監督、一九三一）、『女だけの都』（ジャック・フェデー監督、一九三五）など、タイトルは覚えているが内容は忘れた。よく覚えているのは『美女と野獣』（一九四六）で、ジャン・コクトー監督、主演男優はジャン・マレー。なぜ覚えているかというと、その後三回も見たからである。好きだったんだからしようがない。ブロードウェイのミュージカルでも観たような気がする。これは家族に連れて行かれたので、観たくて行ったわけではない。

自分で観に行ったのは、喜劇ばかり。エノケン（榎本健一）やエンタツ・アチャコ（横山エンタツ・花菱アチャコ）の作品を観た。鈴木澄子主演の「化け猫」もの（一九三七年ごろの怪談映画）も好きで、まあ古い話である。

映画は表現者にとって、惹かれるジャンルかもしれない。私は文字を書いて表現することしかしていないが、映画なら直接に時間軸を加えられる。視覚自体は時間軸を持たないので、表現に時間を取り入れたければ、映画がいい。

視覚は動きと連動しない。他人の体操を見ても、簡単には真似られない。映画はコマ送りすることで、静止画を動きにすることができる。静止画が動画に換わる。一種の詐欺みたいなものである。私自身は徹底した視覚人間らしく、表現に映画を使うことは考えたことがない。

専門にしていた解剖学では、死体を扱う。この対象は変化しないから、視覚的な記述に向いている。昆虫標本も同じ。だから生涯、そういうものばかり見てきた。若いころは「スルメを見てイカがわかるか」と馬鹿にされたが、ヒトはおそらくスルメしか本当には見られないのである。生きて動いているイカは、それを見ていると思っているだけであろう。生きているイカの記述は難しい。そこに動画なり映画の出番がある。

時間は連続的に流れることになっていると思うが、この辺りは難しい。若いころは時間に関心があって、あれこれ読んだり、考えたりしたが、むろん解答には届かなかった。最近では『時間は存在しない』（カルロ・ロヴェッリ著、冨永星訳、NHK出版）という本が出るくらいである。

どうしてそんな変な結論になるのかは、大体わかる。著者は理論物理学者で、方程式を扱う。その中に時間「t」を含む項があって、ある条件下でその「t」を消すことができるということだと思う。それならそれで仕方がないので、時間を含まない方程式ですべてが書けるということになろう。もちろん著者はそこまで言及していない。

私自身はというなら、時間は視覚と聴覚・運動系を折り合わせるために意識が発明した作り物だという意見を持っている。時空という、カントのいわゆる「アプリオリ」は、そう考えるとそれなりに理解できる。視覚は内部に時間を含まないし、聴覚は空間を含まない。この二つを一緒にしないと、言語ができないのである。しゃべっても日本語、書いても日本語ではないか。しかも両者は「同じこと」を伝達する。

最近の言語論で、こうした視点を見ることはない。つまり私の個人的な意見に過ぎないが、まあそれでやむを得まい。万事はなるようにしかならないからである。

（2023年5月・第89号）

サンマリノの神社は地域振興のヒントだ

六月に半月ほど、イタリアに行った。半分は虫の仕事で、フィレンツェ大学の博物館、半分は家内のお付き合いでサンマリノでの日本祭り。

初めてヨーロッパに行ったのは、ほぼ半世紀前。神経科学の研究会がシチリアのエリチェという小さな町で行われ、それに参加して、やはり半月ほどイタリアを回った。それもあってか、イタリアはなんとなくなじみが深い。

当時のエリチェはとんでもない田舎町だった。バスを降りたら、周囲を子どもたちに囲まれて、その子たちが「チーノ、チーノ」と言いながら、手をつないで踊っていた。「中国人」だと言っていたのであろう。

サンマリノには神社があって、お祭りは今年で三度目だと聞いた。小さな社に鳥居がある。サンマリノは人口三万、早い話が田舎町である。日本祭りでは、神社で伊勢から来た神主さんが祝詞をあげ、祝辞があって、夜は晩餐会だった。

こういうおかしな（？）催しは面白い。日本の地方振興にも参考になるかなあと思った。イタリア人は冗談か真面目か、わからないことをする。そこが私は好きである。日本人はそれに比べて真面目過ぎる。サンマリノに神社なんか造ってどうする。そういう野暮なことは言わないでいい。

今年の六月四日に虫供養をした。鎌倉の建長寺に虫塚を建立し、そこで供養をする。これも三回目である。真面目にやっているつもりだが、べつに供養なんかしなくたって、だれも困らない。いつまで続くかわからないが、元気で生きている間は続けたいと思っている。

こういうことは、見ようによっては遊びである。イタリア人は遊ぶのが上手なのだと思う。二年前にフィレンツェのフォーシーズンズ・ホテルに泊まった。ホテルに入って行ったら、すぐに若い男が来て、近くのソファに座れという。なにを言うかと思ったら、「あんたが予約した部屋は事情があって使えなくなった。百ユーロ払えば、同じレベルの部屋をすぐに用意する」と言いやがった。

もちろん詐欺である。そのまま黙ってフロントに行くと、予約通りの部屋が取れた。ひょっとすると、こういう男の存在をホテル側も黙認しているんじゃないかと思う。その裏はなかなか複雑で、想像すると面白い。真面目な人は、一流ホテルなのにとんでもない、というであろう。私は必ずしもそうは思わない。要するに遊んでいるのだと思えばいい。一種の試験でもある。この程度でだまされるようでは、先行き大変ですよ。それを説教でなく、実地で教えているともとれる。その授業料として、百ユーロが高いか安いか、これも議論が分かれるところかもしれない。

今回はフィレンツェにも立ち寄った。街は観光客に満ちていて、日曜日の鎌倉状態だった。いまでは世界中が観光客であふれているという印象である。地元民はそれに不快を感じているはずである。それなら多少の詐欺があっておかしくない。一種の私的な税金である。そこまで疑う人はあまりないかもしれない。でも鎌倉や京都に住んでいる人なら、気分はわかるはずである。

（2017年9月・第25号）

キュア（治療）とケア（お世話）

ケア（care）とキュア（cure）は、私の頭の中では対句である。キュアは医師の行う治療、それ以外に患者さんの面倒をみるのがケア。お世話と言ってもいいであろう。この両者は医療の初めから対立と妥協を繰り返してきたように見える。

もちろん現代は治療優先であって、その結果であろうが、ケアの地位はより低い。私の父親は一九四二年（昭和十七）に結核で亡くなった。ご存知のように、戦後まもなく、結核には化学療法が使われるようになり、結核は治療可能な病になった。私の父の時代は大気、安静、栄養と言って、もっぱらケアをするしか手がなかったのである。

ではケアには意味がないかと言えば、そんなことはない。結核の例で言えば、英国の疫学的な調査では、かならずしも化学療法だけによって結核患者が減少したわけではない。大戦後、結核の患者は減り続けており、そこに化学療法が登場したのである。大戦下の英国の社会情勢は厳しいものだったから、安静と栄養どころではなかったはずである。

病気の治療には、キュアとケアのどちらも欠かせないというのは当然のことである。ただ全体の傾向として、時代により場所により、どちらかが優先されることは多い。ちょっと医学の歴史を調べてみれば、すぐにわかる。できるだけ「自然のままに」という治療が勧められる時代もあれば、できるだけ積極的に「なにかする」という医療が優先することもある。ヒトにはなにかしないではいられないという癖があって、それが積極的な医療を進めてきたのではないかと、私は個人的に疑っている。

『土を育てる　自然をよみがえらせる土壌革命』という本がある（ゲイブ・ブラウン著、服部雄一郎訳、NHK出版）。米国の農家の人が書いたものだが、不耕起で化学肥料、除草剤、殺虫剤を使用せずに農業をやり、採算が取れるまで頑張ったという記録である。まさに自然農法だが、それがなかなか普及しないのは、「なにかしなくてはいられない」というもともとヒトに備わった性質によるのではないかと思う。畑に種を撒いておいたら、ひとりでに育って収穫があった、というのでは、なんとなく心もとない、というか、気に入らないのであろう。労せずして収穫を得るというのは、好まれない。ヒトの心情に反するのかもしれない。

目の前に苦しんでいる人がいれば、なんとかしてやりたいと思うのは、人情の自然であろう。そこで医療が始まるわけだが、その程度によって、キュアとケアが分離してくる。従来の慣行としての農業はキュアに近く、自然農法はケアに近い。自然に対してどの程度人為が関与すべきかについては、欧米と日本の文化に、かなり差があるように思う。周知のごとく日本は天災の多い国である。そこに人為が関与する余地は少なかった。

現代の日本の医療では、そこに若干の変化が見られるように思う。臨床研究と呼ばれる、治療の効果を客観的に測定して、治療法の適否を定めるべきだという意見が広がってきたと思う。その最終的な指標は患者の生存率である。当たり前と言えば当たり前だが、欧米依存で走ってきた治療を改めて基本から見直す試みは、広い意味での自立であって、個人だけではなく、社会についても重要なことだと信じる。

（2022年9月・第85号）

新旧のバランスがとれた街並み

江戸末期の横浜の写真を見て、びっくりしたことがある。なまこ壁に瓦屋根、みごとに統一された街並みである。現代のまったくてんでんばらばらと言っていい街並みを見つけていると、こんな写真で驚いてしまう。

考えてみれば、当時は建築材料も限られている。外国人がやってくるというので、大急ぎで造ったに違いないから、まずは材料の関係で統一されたらしい。統一しようと思ったわけではなく、やむを得ず統一されてしまったのであろう。

イタリアやスペイン、アドリア海沿岸のクロアチアなどを訪問すると、たしかに街がきれいである。ドブロヴニクなどは世界遺産に指定されていたと思う。これも多分に材料が関係しているのではないか。あるいは新しい材料を使うことに対して、保守的なのかもしれない。鉄筋コンクリートの鉄は、日本では輸入するしかない。地元から十分には調達できない材料を使って、建物を造るのは、危ないに決まっている。いつでも供給可能という保証がないからである。

日本人は水と安全はタダだと思っている。よくそう言われる。たとえば旅行時のホテルの代金を考えるとわかる。私は外国旅行では高いホテルに泊まる。その意味は安全性である。つまり高いのは保険料を含むからだと考えている。それを単に贅沢だと思っている人がいかに多いか。舛添要一前都知事の弁明を聞いた時にもそう思った。あの地位の人なら、高いホテルに宿泊して当然である。それがわかっていないらしく、奇妙な弁明をしていた記憶がある。政治の世界なら、じつはさまざまな危険があって当然である。普通の人はそれを考えないから、高級ホテルを単に贅沢のための存在だと思ってしまう。

衣食住の背景には安全性がある。それは当然だが、意外に忘れがちでもある。危険は日常的でないことが多いからである。しかも危惧したことが起こらなければ、準備は無駄に見えてしまう。古い街並みはそうしたさまざまな危険を通り抜けてきたから、いわばある安定した雰囲気を持つのだと思う。

私は鎌倉という街で生まれ育った。鎌倉は人気があるが、その一つは雰囲気であろう。

論理的に良い街だと言おうとすると、なにも根拠がないことに気づく。海も山もあるが、そんなものは日本中いたるところにある。物価は高いし、税金も高い。観光客が多すぎて住むにはおよそ不便というしかない。それがよく見えるとすれば、なにかの偏見だというしかない。

それを突き詰めると、雰囲気という話になる。もともと神社仏閣が多く、さらに別荘地だったから、周囲に余裕をもたせた建物が多く、それが雰囲気を生んでいるらしい。しかしその街の中で、いちばん人通りが多いのが小町通りである。ここはふだん観光客で埋まっているから、私はほとんど行かない。要するに商店街だが、あっという間に店が入れ替わる。しばらく行かないと、エッ、と思ってしまう。ここではまさに街並みが生きて動いているのである。

思えば、どの街にも入れ替わる部分と、変わらない部分があるはずである。そのバランスもまた、雰囲気の一部なのかもしれない。東京なら、下町と山の手という大きな区分がある。東京は大きすぎるので、訪問すれば、どちらかということにならざるを得ない。鎌倉程度の小規模の街なら、その両者を同時に経験できる。その意味では、京都が典型的にそのバランスをとった街か、と思う。

（２０１９年7月・第47号）

人間の優しさと激しさを考えた「建築の葬式」

昨年、つまり二〇一八年（平成三十）九月十五日、御茶ノ水の日本大学で「建築の葬式」という行事が行われ、私も参加させていただいた。

ネットを見れば詳細はわかると思うが、簡単な趣旨をご紹介しておく。この企画は、日大五号館と呼ばれる建物が解体されることになり、そこに縁のあった人たちが、何か記念行事のようなことをしたい、ということで始まった。

この建物には、建築関係の学科が入っていたという。私自身はこの建物に直接の関係はない。でもこの企画を立ち上げた若い人たちには、じつは鎌倉の建長寺に虫塚を作って以来、お世話になっている。

九月の当日は、私は欧州帰りでまだ時差がひどく、早めに失礼させていただいたが、それでも「建物の声を聴く」という企画に心を打たれた。建物にはじつにさまざまな声があるのだが、忙しい人たちはそれを聴く余裕がない。ヘッドフォンを付けて歩いている若者には、「耳を澄ませて世界を聴く」余裕はないと思う。

日本には面白い慣習があって、花塚や筆塚をはじめ、さまざまなものを供養する。今回の企画も、まあそれに似たようなものか、と思った。そもそも虫塚がお付き合いのきっかけになったのだから、いわば供養つながりである。

テレビで外国のニュースを見ていたら、最初が上院議員のセクハラ問題で爺さんが映っていた。次の瞬間に画面が変わって、シリアの空爆で生じた瓦礫の山。何気なく見ている画面が、なんの脈絡もなく瞬時に切り替わってしまう。ニュースを流しているほうは、なにも感じていないのであろう。でもあの瓦礫は、当たり前だが、街だったのである。そこで人が生活をし、子どもを育て、商品を売り買いし、日常があった。それが瞬時に瓦礫の山。

近年、自然災害も著しい。人がわざわざ壊さなくても、町は壊れる。日本人はそれがよくわかっているはずである。私の世代は、それに加えて、広島と長崎、東京下町の大空襲が重なる。人が営々として積み上げてきたものが、一朝にして消え去る。

昨年はたまたまドレスデンに行った。博物館にある虫の標本を調べに行ったのだが、この街も戦後は瓦礫の山だったはずである。いまはその跡形もほとんどない。ひょっとして瓦礫のままに残したら、という気持ちも人々の中にはあったかもしれない。ただ生き残った人たちも生活しなければならないから、断固復興するのであろう。

イタリアにソルフェリーノという小さな村がある。ここは近代戦の始まりと言われる、イタリア独立戦争当時の戦場だった。フランス、イタリア連合軍と、オーストリア帝国軍が戦い、一日で数万人の死者を出した。ここの教会には、そこで斃《たお》れた兵士たちの骨が整然と飾ってある。ここから赤十字が始まったのである。ヒトラーはこの村を訪問したことがあったのだろうか。

ただ一つの建物の解体に想いを寄せるのも人である。それを一気に破壊するのも人である。その優しさ、激しさをきちんと統御するのが、人としてなすべきことであろう。歳のせいか、そんなことを思ってしまう。

（2019年1月・第41号）

第七章　私にとって地域とは鎌倉

生粋の鎌倉生まれ、鎌倉育ち

鎌倉で生まれ、育ち、今でも住んでいるので、私は生粋の神奈川県人というしかない。箱根に別宅があるが、これも神奈川県。父親は福井県大野市の出身だが、母親は現在の住所表示では相模原市緑区、旧地名でなら津久井郡中野町出身で、そこに母と祖父母、兄の墓もある。

神奈川県という行政区分に、どのくらい意味があるのか、以前からよくわからない。たとえば鎌倉市の住民なら、東京都内へ通う人が多いはずで、仕事場と住居が都道府県という行政区分では分離してしまう。私はその典型で、大学に入学したとき以来、鎌倉から東京へ通い、三十年以上にわたってその状態を続けた。途中に横浜、川崎という大都市が挟まっているが、個人の印象としてはこの二つが邪魔だなあ、という感じだった。首都圏という表現があるが、これが実質的な東京都であろう。

二〇二二年（令和四）五月現在、鎌倉は観光客で賑わっている。修学旅行の生徒さんたちがとくに多い。ＮＨＫの大河ドラマの影響もあってか、ふだんより観光客が多い気がする。「鎌倉に住んでます」と言うと、「いい所にお住まいですね」と返されることが多い。鎌倉以外の土地に住んだことがほとんどないので、そうなのか、と思う。

それでも歳を経ると、自分が住んできた土地の影響を受けていることに気づく。朝起きて、まず緑や海が目に入るのは、気持ちの上で重要なことかもしれない。世界はヒトだけでできてはいない、と感じるからである。パソコンの画面を立ち上げると、自然の風景がまず見えてくるのも、それと関係するのかと思う。パソコンの世界に埋没する人たちも、まず緑の風景を見ようとするのかもしれない。

時代の変化も大きいし、さまざまな見方が可能だと思うが、三方を山に囲まれ、南が太平洋に開いているという狭い土地で育った癖が、自分にはついていると感じる。まず方向音痴である。鎌倉なら海と山のおおよその位置をいつでも把握しているので、自分がどこにいるか、ほぼ見当がつく。だから平坦な広い土地に行くと、すぐに西も東もわからなくなる。札幌と京都がそうで、しっかり意識していないと道に迷う。東京も方角のわかりにくい所で、学生時代から本郷の東大に通ったが、東大前の本郷通りが、南北に走っていることに長年気が付かず、東西とばかり思っていた。

神奈川県は東西で自然条件がずいぶん違う。中央の平地を切るのは相模川で、その西はやや標高が高い丹沢山塊と箱根火山、東は主に標高の低い多摩丘陵である。それに三浦半島がくっついている。神奈川県の西側はフィリピン海プレートに乗っており、地史的には富士、箱根、伊豆や丹沢山塊はそちら側である。伊豆半島が典型だが、南の海からやってきて、本州と融合した地域と見られる。

こういう地史が昆虫の分布と並行していないかと思って、あれこれ調べているが、事情が複雑で簡単には結論が出ない。その点、伊豆半島が、島だった時の性質をいまだに残していることは間違いない。

神奈川県の昆虫については、小田原市在住だった故平野幸彦氏らのおかげで、よく記録されている。箱根と大山は明治時代の初期に日本の甲虫相を明らかにした英国人ジョージ・ルイスが採集をした土地でもある。ルイスは大山を「Oyama」と書いたので、小山と誤解されたこともある。ルイスは自分の採集品を当時の欧州の各分野の専門家に渡したので、さまざまな専門家が日本の虫に触れることになった。ロンドンの自然史博物館には、ルイスの採集品が多く残されている。その中には、ビスケットの缶に入れた未整理標本まで含まれている。箱根の中では、宮ノ下とか木賀《きが》といった地名が記されているので、当時ルイスが訪れた場所がわかる。それは同時に、当時来訪した外国人たちが普通に訪問する場所でもあったであろう。

キイロネクイハムシは横浜の豊顕寺でルイスが採集し、当時のハムシの専門家ジャコビーによって記載された種である。その後、関西や九州でも見つかったが、数十年前から国内からの記録がなく、環境省により絶滅種と見なされていた。もし本当にそうであるなら、本邦における絶滅甲虫の第一号ということになるところだったが、最近、六十年ぶりに琵琶湖で確認された。近年、この種によく似たキタキイロネクイハムシも北海道の釧路湿原で見つかった。

私自身が関心を持つのは、そういう珍しい種ではなく、どこにでもいる当たり前の虫である。こういう虫はいて当たり前なので、いない場合には、そもそもいないということに気づかないことも多い。気づいたとしても、いないことの証明はほぼ不可能に近い。探し方が足りないと言われたら、それまでだからである。一匹でも採れれば、「いた」ことになる。その意味では「いる」と「いない」は論理的に等価ではない。絶滅種にも同じことが言えるわけで、絶滅したとされても、「どこかにいるかもしれない」と頑張り続けることはできる。

丹沢山塊にしても箱根火山にしても、標高はあまり高くない。そのため高地に生息する虫がいない。山梨県や静岡県、東京都ですら、標高二千メートルに達する山があるのに、神奈川県にはない。だから神奈川県で生まれ育つと、長野県などの高地で見られる虫に一種のあこがれが生じる。一度でも見てみたい、手にしてみたい、という気持ちが湧く。

小学生のころ、長野県の霧ヶ峰に友人と行ったことがある。牛糞でツノコガネを採った時のことをいまだに記憶している。当時は車社会ではなかったから、牛馬はいたるところにいて、いたるところに糞があった。それでもツノコガネのような虫は低地にはいなかったから、頭に長い角を持つ、いかにも糞虫らしいこの虫を採った時は興奮した。当時同行した友人はもういない。

神奈川の自然については慶應義塾大学名誉教授の岸由二の業績を特記すべきだろう。第一は三浦半島先端近くの小網代の保全だ。「流域」という地形に着目し岸は、その谷を含む開発計画に代案を提示し、源流から干潟まで流域丸ごと自然状態で保全する成果を上げた。人口稠密《ちゅうみつ》な首都圏内で自然のままの谷が一つ残されるという、大げさに言うなら奇跡を起こしたと言えよう。そのいきさつは複数の書物になって報告されている。

第二は鶴見川流域の総合治水対策を支援する市民組織の創出だ。岸は鶴見川の下流域で何度も氾濫を経験した。近年の豪雨下でも大氾濫を免れるようになったのは、国が中心となって進めた総合治水対策の成果だが、そこには岸が中心となって流域全域で展開された流域市民運動（TRネット）の応援もあった。その運動は流域各地で水辺や保水の森の大規模保全を実現し、「流域思考」という用語で理論化もされ、国土交通省が二〇二〇年から全国に発信している「流域治水」の展開にもつながっている。

（2022年8月・第84号）

日常生活と密接に関係する里山

今年の春は里山保全の運動に触れる機会が多かった。岡崎中学から四人の生徒さんがわざわざ拙宅にやってこられて、里山保全運動の紹介をしてくれた。パワーポイントの打ち出しを持ってきて、簡単な講義をしてくれたのには驚いた。中学生がやっているくらいだから、運動の前途は明るいというべきであろう。

私の地元は神奈川県鎌倉市だが、ここでも里山保全運動があって、同年配のお爺さんがアズマザサをすっかり刈り取り、明るい森を作っている場所を案内してくれた。子どものころに私が遊んでいた環境が再現されている。さらには里山エクスポという行事があって、川越、所沢、三芳町に近接する土地に保存されている雑木林で、子どもたちとカブトムシの幼虫採りの行事に参加させてもらった。これは地元の企業が企画したものである。こういうことが重なったのは、たまたまだと思うが、おそらくそれだけではない。全国的に里山保全運動が盛んなのだと思う。

田んぼや畑があって、その近くに里山がある。関東平野ならコナラを主体とした薪炭林である。私は鎌倉の生まれ育ちだが、ここでは里山は松が主体だった。それが枯れたのは戦中戦後のことで、由比ガ浜から鶴岡八幡宮に至る若宮大路は、元来は松並木だった。でも現在では数本の松が残るのみで、松並木の面影はない。八幡宮の裏山に至っては、いまやシイ・カシを主体とする照葉樹林だが、昭和二十年代にはなんとまだ松山だった。

こうした里山は、下草を家畜の飼料やかやぶき屋根の原料とした。また松の枯葉や落ちた枯れ枝を集めて焚き付けに利用していた。私はまだそれを記憶している世代だが、現在では柴刈りが芝刈りと混同されるくらいで、エネルギー革命以後の時代というしかない。石油が環境を変えたのである。

里山の後ろには自然林、あるいは原生林が残っていた。田畑から里山、里山から自然林や原生林への移行がきれいに残っていたのは、おそらく明治初頭の東北である。イザベラ・バードの旅行記はそれをよく伝えている。

里山は本来、日常の生活と密接に関係していた。その生活が変わったために、里山が変わったのである。だから里山保全の問題は、その存在の必然性にある。当面の必然性が消えたために、里山が消えてきたのだから、里山保全は文化的な運動とならざるを得ない。そんなもの、なくたって困らないよ。本音ではそう言われてしまう。

里山の保全は息の長い運動にならざるを得ない。どこまで行くかというと、おそらく石油の終末までであろう。そこまでいけば、かならず里山の復活が起こるはずなのである。それがいつになるか、まだわからない。しかし百年もすれば、はっきり見えてくるに違いない。むろん私の寿命は保ちませんけどね。

（2016年8月・第12号）

鶴岡八幡宮の秋の例大祭

誰にもお祭りの記憶があるのではないか。私は鎌倉生まれ、そのまま鎌倉で育った。大きなお祭りといえば、まず鶴岡八幡宮、秋の例大祭であろう。私が子どもの頃は、素人芝居まであって、菊池寛の『父帰る』を見た覚えがある。外で立ち見だった。母の従兄弟だったか、知り合いが出演するので、姉に連れていかれた。途中で少し雨が降ったという、おぼろげな記憶がある。

大学院生の時には、後にノーベル賞を受賞した大学者を八幡宮に案内した。たまたまお祭りの日で、当時は境内に土俵があって素人相撲をやっていたから、客人夫妻は大変喜んでいた。観光客が増えるにつれて、お祭りは地元民の楽しみから、観光のために変わっていくのかもしれない。

リオのカーニバルには行ったことがない。知人にぜひ行けと勧められた。でも行く気はない。ブラジルは遠いし、小学生の時から、ブラジルには行くまいと決めていた。港からリオの日本大使館に行くまでの間に、網がないから帽子を使って採集したという、虫の標本を見せてもらったからである。ブック型という、蓋と箱の両方に標本を刺すことができて、背が本の装丁だから、閉じると書物に見える箱だった。金ぴかの凄い虫ばかり入っていた。こんな虫が、こんなにたくさんいるところに行ったら、帰ってくるはずがない。子ども心にそう思った。なぜか、移民する気はなかったのである。

お祭りではないけれど、いまは虫供養をやっている。六月四日を虫の日と決めて、鎌倉の建長寺で供養をする。毎回、誰かと一時間ほど対談をし、そのあと虫塚に行き、お坊さんたちにお経を詠んでもらい、参列者がお焼香をする。塚は隈研吾の設計だが、奇妙な形で、子どもがジャングルジムと間違えて登るから、すぐに金属の棒が曲がってしまう。子どもが遊ぶのはいいことだから、補修をするしかない。

言うなれば自分でやっているお祭りみたいなものである。虫好きが集まるから、供養の場で虫を捕まえている不埒者もいる。要するに自前のお祭りである。私の年齢になると、よく墓のことを言われる。これが面倒くさいから、最近は虫塚に入ります、と答えることにしている。自分の墓なんて、自分で考えるのが面倒くさい。先祖代々の墓に入ればいいが、父と母が別な墓に入っているから、両方に義理を立てるのもさらに面倒くさい。本人は死んでいるんだから、墓なんて遺族が勝手にすればいい。私の知ったことではない。

お祭りは好きな人がいて、これは昔からよく知られている。大手を振って酒が飲めるからかもしれないが、世界中にお祭りがあるのだから、ヒトの共同体にはつきものなのであろう。若い時には、あんなもの、といささか馬鹿にしていたが、年齢を経ると寛大になってくる。というより、必要になってくるのかもしれない。騒ぐことはしなくなるけれど、祭りがあった方が、ないより好ましい。

ヒトは理屈だけで生きているわけではない。理屈はつねに感情と相伴う。記憶も同じである。その感情のコントロールは意識的にはむずかしい。学者は感情を抑えて当然だと長年思ってきたが、それは間違いであろう。理屈の裏には強い情動がある。それはむしろ意識の前提だから、意識からは隠されがちなのである。数学の背後には強い情動がある。岡潔（数学者）はそれを言っていたのだと思う。若い時の私は、それを納得していなかった。いまでは逆にわかり過ぎるほどわかる。そういう気がするのである。


（2020年5月・第57号）

本屋の店先はお気に入りの場所

私が大学生だった頃、ということはつまり六十年ほど前、本屋に行くのが楽しみだった。いまでもあちこちの本屋さんの店先が目に浮かぶ。

私は鎌倉で生まれ育ったから、行きつけの本屋さんで長身痩軀《そうく》、白髪の老人に出会い、小林秀雄だなあと思ったことがある。本屋さんは当時三軒あって、それを時々見回る。そのほかに古本屋さんが数軒あって、そこでもずいぶんお世話になった。新刊とは違って、本の種類が多い。というより、こんな本があったのか、と思うような、当時の私にとっては奇妙に思われる種類の本があった。

特定の本を探すこともあったが、どんな本が出ているのか、それを見たかった。本の価格も学生が買うには手頃だったと思う。家庭教師のアルバイトは、週一回、一月で三千円以上になった。それを複数掛け持ちすれば、本は買えたのである。

いまでは本屋さんに行く時間が減った。特定の本を探すなら、アマゾンがある。古本を含めて、必要なものがすぐに手に入るから、資料としての書物はアマゾンに頼るようになった。

洋書はほとんどキンドルになった。紀伊國屋書店や丸善に長らく通ったが、キンドルが出だした頃から、すっかり頼り切ることになった。なんといっても、本の数が桁違い。必要と思う本がまず手に入る。ただ似たような本をすぐに推薦してくるから、同じジャンルの本ばかり読むことになる。最近は「あなたへのおすすめ」と称して、私の好みをキンドルが勝手に決めてくるようになった。それに従うと、ますます図に乗る。読んだ本に点数を付けろと言う。五段階評価である。

教師としての私は、学生の評価が嫌いだった。評価するのも、されるのも嫌い。以前から書いていることだが、本というのは、精神科の患者さんの訴えと同じである。患者さんの訴えを「評価する」必要はない。「そういうものか」と思えばいい。書いてあることに腹を立てても仕方がない。その人がそう言っているだけのことである。

最近では学生の方が評価慣れして、ちゃんと点数を付けてくれと言うようになった。自分でしたことは、評価を含めて、自分の責任である。評価も自分ですればいい。だから自己評価というのである。

客観性、第三者とは、じつは神様目線である。上から目線と言ってもいい。自分自身のことを上から目線で見ていれば、やがて自分が消えてしまう。若者が自分探しを言うようになった遠因はここにある。近頃になって、そう気が付いた。無敵皇軍、神国日本などと称して、いわば「主観性が高かった」時代には客観性が大切だったが、現代のように逆方向に偏ると、「主観性」の喪失のほうが気になってくる。生きること、生きていることの意味がわからなくなる。

本屋さんの店先は相変わらず私の好みの場所である。まだ私の診断を待っている患者さんがたくさんいるなあ。それを実感させてくれる。どうせ死ぬまでに全部は見切れない。そう感じて、逆に安心する。そこにあるのはまだ実現されていない可能性である。ひたすら現在のみに集中していく世界の中で、違う時間の存在を感じさせてくれる。私の選択次第で、それぞれ違う世界が開けてくるんですからね。

（2019年10月・第50号）

あとがき

大正大学の地域構想研究所の設立時には、日本のさまざまな地域を回る機会を得た。印象に残ることはいくつもあるが、その一部は本書にも触れている。いまでも思い出すのは南三陸町である。大学共通のセミナーハウスができて、その後行く機会をなかなか得ないが、最後の訪問の時にカエルが大発生していたのが印象に残る。こういう具合に、私は人よりも自然現象や虫が記憶に残ってしまうのである。

私自身のことになるが、令和六年四月末に東大病院でステージ２bの肺癌と診断され、五月からはいわゆる闘病生活がはじまった。七月一杯で化学療法つまり抗がん剤の投与が終わり、九月からは放射線治療に移行している。三年前には心筋梗塞で入院して、とりあえず集中治療室に入り、お地蔵さんのお迎えを受けたが、今回は残念ながらまだお迎えを見ていない。日本人の二人に一人はガンで死ぬという話なので、私自身がガンになることに何の不思議もない。考えの上ではそうなるのだが、実際はもう少し面倒くさいので、具体的にどうなるのか、例えば家族のことなど考えなければならなくなった。私の年齢だと積極的な治療、つまり完治させるための医療はしないというのが医療費を考える厚生労働省の本音ではないかと思う。とはいえ家族に対しても、東大病院の後輩の医師たちに対しても、もう年なんだから、医療なんかやめましょうと私から言い出すわけにはいかない。もっとも私自身の本音では、なんとしても生き延びなきゃあという強い情念に欠ける。これでは、あれこれ面倒をみてくださる周囲の人たちに申し訳ない。医師がひたすら患者を助けようとすることを、私はしばしば批判的に見てきたが、それなら患者に生きたいという気持ちがなければならないからである。老人の場合、ここは難しいところであろう。いくら生きたいと願ったところで、残りの寿命はすでに限られている。

地域ということで言うなら、ここ数年どうしても気になっているのは、天災である。今年は能登の地震、夏の台風と自然災害が目立ったが、やがて間違いなく南海トラフの地震が来るはずである。地震そのものに対しては、すでにかなりの頻度で自治体の警報が出されたりしているが、問題は東京都への人口の一極集中であろう。政府がこれらの問題を知らないはずはなく、中央官庁の一極集中への対策にしても、免罪符的な文化庁の京都移転に終わっている。首都圏直下型地震を考えた時に、霞が関は有効に機能するであろうか。自宅と家族が危機に瀕している官僚に、国民のために十二分に働けというのであろうか。毎日もっと大切なことがあると思って、将来を考えることを怠っていないだろうか。

政治家にせよ官僚にせよ、目の前のことで忙しすぎるのだろうと思う。しかしこの国の大事はもはや間違いなく自然災害であろう。経済人の言う「失われた三十年」は、ほとんど阪神・淡路大震災の頃から始まっている。それ以来、災害が日本経済に与えた影響をどう評価しているのだろうか。それがきちんとできていないと、来るべき南海トラフ地震について、客観的に日本社会を考えることなどできないであろう。地域について、十分に考えておくことは、自然災害に関して当然であるだけではなく、災害後の日本国民の生き方に関して不可欠の視点を提供するはずである。食料やエネルギーなど、基本的な生存の条件は本来各地域で満たされるべきであって、食料自給率が五割を割るなんてことは、ありえない話だと思う。自然災害を考える限り、である。

社会の将来について地域及び地域人のやるべきこと、考えるべきことは山積している。『地域人』がその一部を担ってきたことは、言うまでもないであろう。

二〇二四年九月

養老孟司

養老孟司（ようろう・たけし）

解剖学者。東京大学名誉教授。大正大学客員教授。医学博士。

1937年、神奈川県鎌倉市生まれ。62年東京大学医学部卒業後、解剖学教室に入る。95年、東京大学医学部教授を退官し、同大学名誉教授に。北里大学教授を経て現職。

89年、『からだの見方』（筑摩書房）でサントリー学芸賞受賞。2003年、毎日出版文化賞特別賞を受賞した『バカの壁』（新潮新書）は450万部を超えるベストセラーに。その他の著書に『唯脳論』（青土社・ちくま学芸文庫）、『なるようになる。僕はこんなふうに生きてきた』（聞き手・鵜飼哲夫、中央公論新社）など多数。

大の虫好きとして知られ、箱根にある別荘「養老昆虫館」（藤森照信設計）で標本を作成している。

生きものを甘く見るな

二〇二四年十一月五日　第一版第一刷発行

著者　養老孟司《ようろうたけし》

発行者　神達知純

発行所　大正大学出版会
〒一七〇―八四七〇
東京都豊島区西巣鴨三―二〇―一
電話　〇三―三九一八―七三一一（代表）

製作・販売　大正大学事業法人 株式会社ティー・マップ
電話　〇三―五三九四―三〇四五
ファクス　〇三―五三九四―三〇九三

組版　株式会社ティー・マップ

印刷・製本　藤原印刷株式会社

ISBN978-4-909099-84-6　C0095

地域人ライブラリー刊行にあたって

日本の人口減少は加速度的に進み、東京への一極集中も止まらず、都市と地方の格差は是正されるどころか広がり続けています。

大正大学では2014年10月、地域構想研究所を設立。「日本と地域の希望と未来」を志向する研究活動と、地域活性化の構想と実現を担う人材育成事業を実施しています。2016年4月には「地域に学び、地域をつくる」地域創生学部を新設し、東京のキャンパスでの学びと地域での実習により、地域課題を見極め課題解決する「地域人材」の育成にもつとめています。

これに先立ち2015年9月には、地域構想研究所の事業のひとつとして、地域創生のための総合情報誌『地域人』を創刊。以後2023年5月の第89号まで、別冊2冊を含め91冊を全国の書店で販売してきました。雑誌『地域人』は「地に生きる、地を生かす」をコンセプトに、地域を元気にする「地域人」の活動、先進事例を解説・論説を加えて紹介。地域創生のテキストとしても活用していただきました。

雑誌『地域人』は現在は休刊中ですが、「地域創生」が日本が取り組むべき課題であることは今でも変わりません。雑誌『地域人』で8年間蓄積したコンテンツは、地域創生に取り組むうえでの貴重な資源であり、ヒントとなることでしょう。

大正大学では、2026年の大学創立100周年記念企画のひとつとして、雑誌『地域人』で得たコンテンツをもとに編集した新たな書籍シリーズ「地域人ライブラリー」をここに刊行し、「地域創生」に向けてさらに取り組んでまいります。

2024年11月